1
かのん
illust. 氷堂れん
「……そなたが、森に住むという、薬売りの魔女殿だろうか」
追放後の悪役令嬢は、森の中で幸せに暮らす。
~うさぎの呪いを解きたくない~

レイス・アレクリード
アレクリード王国の第三王子
獣化の呪いをかけられ、
うさぎの姿になっている
ミラ・ローゼンバーグ
追放された公爵令嬢
森で薬づくりをしながら暮らしており、
魔女と呼ばれている

ヴィクター・ロベルト
ルーダ王国の公爵令息
呪いについて研究している
オリビア・ローゼンバーグ
ミラの妹
ミラが追放された後、
ローゼウスの新たな
婚約者となる
ローゼウス・ルーダ
病弱なルーダ王国の第一王子
ミラに婚約破棄を突き付け、
国外へと追放した

「好きな女は
死んでも守るのが
男ってものだ」
その言葉に、私は目を丸くする。
好きな、女。
顔が一気に赤くなっていくのが分かる。

1
追放後の悪役令嬢は、
森の中で幸せに暮らす。
~うさぎの呪いを解きたくない~
かのん illust. 氷堂れん

Contents

After Being Banished, the Villainess Lives Happily in the Forest

She Doesn't Want to Break the Rabbit's Magic

プロローグ

「お母様、お父様……何故《なぜ》、ミラは遊んではいけないのですか？」

両親と妹がそろって馬車で出かけようとしている瞬間、一人屋敷にて家庭教師から妃教育《きさききょういく》の指導を受けるように言われた私は、勇気を振り絞ってそう尋ねた。

十歳になる特別な今日だけは一緒にいてほしいと思った。

少しくらいのわがままいいではないか。

第一王子ローゼウス殿下の婚約者になってから、自由時間がほとんどない。

わがままだと分かっていても、可愛《かわい》らしいリボンのついたドレスを身に纏《まと》い、こちらを見て首を傾《かし》げる妹が、羨ましくて仕方ない。

それでも一つ下の妹であるオリビアに対してわめいたり怒ったりはしないで我慢する。

お姉様だから。

「ミラ」

お父様が私にそう声をかけ私は期待に胸を膨らませた。

「今日は、オリビアのお願いでぬいぐるみ店へと行く予定だ。お前はいずれ国母となるのだ。しっかりと勉強しないでどうする」

「そうよ。励みなさい」

「お姉様、お勉強頑張ってね！　ふふふ。ぬいぐるみ屋さん楽しみ。お父様とお母様は、私だけとお出かけしたいのよね？」

「ん？……あぁ。そうだな」

「えっと……えぇ、そうね」

三人はそう言うと馬車に乗り、楽し気に話をしながら行ってしまった。

手を伸ばすけれどそれは届くことなく、手はただ空を切る。

王子殿下の婚約者だからこそ、公爵家に恥じない振る舞いを求められる私。

はじめてのわがままも、結局、意味をなさなかった。

部屋に戻ると家庭教師からまた、いつものように指導を受ける。

勉強は得意だ。一度読んだものについては頭の中に記憶され忘れることがない。

私がローゼウス殿下の婚約者に選ばれた一つの理由はここにある。

体調の芳しくないローゼウス殿下の為《ため》に、知識を得、薬学に精通し、殿下の妻となりその体を支えていくことが求められていることは分かっていた。

ただ……。

ペンをぎゅっと握る。

楽しくない。

勉強ばかりで、楽しいことなんて一つもない。

全部投げ出してしまいたいけれど、きっとそんなことをすれば家庭教師に鞭《むち》で打たれるだろう。

痛いのは嫌だ。

妹は……どんなにわがままを言っても、先生に『叩《たた》いたら嫌よ』って言うだけで、一度も打たれたことがないのに。

結局その日は勉強を一日中行い、夕食も一人であった。

広い食事会場にて、たった一人。

侍女がいるから、別段生活に支障はない。

その後も入浴を済ませて自室で過ごす。

暗い部屋の中で、小さな灯を頼りに本をめくっていた時、家族の馬車が帰ってくる音が聞こえ、窓からちらりと見れば、眠ってしまったのだろう。お父様に抱きかかえられるオリビアの姿が見えた。

そして執事達《たち》がたくさんの箱を運んでいく。

あの中に私への贈り物が一つでもあるのだろうか。

……あるわけがない。

私はカーテンを閉め、ベッドの中へと潜り込んだ。

それでも、ほんの少しだけ期待してしまっている自分が嫌だった。

翌日になっても翌々日になっても当たり前だが私に贈り物が届くことはなく、妹のオリビアの部屋は可愛らしいぬいぐるみで溢《あふ》れていた。

「あら？　お姉様？」

「オリビア……可愛いわね」

廊下でたまたまぬいぐるみを持ったオリビアに声をかけられ、私がそう言うと、オリビアは楽しそうに笑った。

「お父様とお母様が買ってくださったの。ふふふ。いいでしょ？」

「……」

無邪気に笑う姿を見るだけで、心の中に嫌な気持ちが溢れてくる。

「お姉様には一つもあげないよ？」

「え？」

冷ややかな瞳で、こちらをバカにするようにオリビアは言った。

「お誕生日だったのにね、可哀《かわい》そう。お父様もお母様も、お姉様のお誕生日なんてどうでもいいみたいね。まぁでもお姉様は王子様の婚約者だもの。オリビアは王子様と結婚できないのに。ずるいよねぇ。ふーんだ」

突然饒舌《じょうぜつ》にしゃべりだす妹に困惑してしまう。

「オリビア？」

「まぁ、でも、今はいっか。お姉様にはぬいぐるみ一個もあげないもんねぇ～。じゃあね」

ぬいぐるみを両手に抱え、オリビアはそう言うと走り去っていった。

「……はは……私の誕生日……オリビアだけしか……おぼえてないのかぁ……」

嬉《うれ》しいような悲しいような……。

涙が溢れてきて、私はそれを慌ててぬぐった。

私は急いで部屋まで戻ると、一人ベッドの中にうずくまって泣いた。

王子様の婚約者なんて、なりたくてなったわけじゃないのに。

お父様とお母様にとって大切なのはオリビアだけ。

婚約者に決まったこと自体は喜んでいたけれど、ただそれだけ。

私は勉強ばかり。楽しいことなんてちっともない。

妹だけがとっても幸せそう。

心の中が黒く染まりそうで、私はさっきのオリビアの〝ずるいよねぇ〟という声が蘇《よみがえ》って声を上げて泣いた。

だけれど、どんなに泣いたところでだれも私を慰めてはくれない。

その事実が、私をさらに惨めにさせたのであった。

私はそれから、ずっと一人だった。

一人だったけれど、頑張れば頑張った分だけ、自分なりに成長できていると感じた。

薬学の分野でも学びを深め、これで婚約者であるローゼウス王子殿下の役に立てるだろう。

そう思っていた。

五歳から始まった妃教育が十二年間続いて、十七歳になった日。

それは、突然終わりを告げた。

「追放……？」

ローゼウス殿下の体調を第一に考えてこれまで研究を重ね、必死に治療を続けてきた。

妃教育を受けながら、私はローゼウス殿下専属のお医者様に師事し、共に治療に励んできたのである。

そんな時、聖女が現れるという神託が神殿に下りた。

この王国には魔力を持ち、不思議な力を操るものが現れる。

三十年前に現れた聖女はそうした能力者の一人と言われている。

そして今回、聖女が現れるのは三十年ぶり。

皆が浮き立つ中で、ローゼウス殿下もまた聖女によって体調が回復したとの知らせを受けた。

私はそのことについてはほっと胸を撫《な》で下ろしていた。

少しずつではあるが、私や医療班の皆の努力によってローゼウス殿下の体調は回復へと向かっていた。だけれど、それは根気のいる治療であるから、ローゼウス殿下の体調がすぐに回復されるならばそれに越したことはない。

だけれど、翌日、私は捕らえられることになる。

ローゼウス殿下を救えないどころか、怪しい薬を飲ませ、体調を悪化させた容疑がかけられたのである。

騎士達に無理やり押さえつけられて、馬車に押し込められる。

そして、王城の謁見の間にて、冷たい床の上に、騎士に押さえつけられて頭を下げさせられる。

自分の身に何が起こっているのか、混乱して何が何だか分からなかった。

そんな私は、ローゼウス殿下が謁見の間に現れると、絞り出すような声で告げた。

「無実にございます！　あの薬は殿下の体調を良くするものです！」

直接そう告げたのだけれど、私に向かって聞いたことのないような声で、ローゼウス殿下は怒鳴り声をあげた。

「オリビアから聞いたぞ。そなた、妹をずっと虐げてきたようだな！　まさかそのような者が私の婚約者だったとは！　悍《おぞ》ましい！　今までも何を飲まされていたのやら」

信じられなかった。

「オリ……ビア？　何故、今、オリビアの話が？」

「お前の妹であるオリビアが聖女であり、そして私の命を救ったのだ」

それと同時に、可愛らしい、笑い声が響く。

「ふふふ。ローゼウス殿下がご無事でようございましたわ」

「聖女オリビアよ。本当にありがとう」

私は押さえつけられた頭をどうにか動かし、視線でローゼウス殿下とオリビアを捉える。

美しく着飾ったオリビアは、恍惚《こうこつ》とした表情で、にやりと笑うと私を見下ろす。

「お姉様、なんて恐ろしいのかしら」

「可哀そうに。大丈夫だ。聖女オリビアよ。これからは私と共に華やかな道を生きて行こう」

聖女が妹のオリビアだということも、目の前にいる溌溂《はつらつ》とした男性があの気弱なローゼウス殿下であることも、何もかもが信じられない。

「……何故……」

死に怯《おび》え、弱弱しかったローゼウス殿下の変貌が恐ろしく感じた。

理解が追い付かない。

何の理由があって、実の姉に汚名を着せたのか。

お父様とお母様は、このことを知っているのだろうか。

「お姉様、どうかこれ以上罪を重ねないで下さいませ」

そう言うと、オリビアは私の前で膝をつくとそっと私の体を抱きしめる。

そして耳元で呟《つぶや》いた。

「やっと、王子様も手に入れた。先に生まれたというだけで、お姉様が婚約者だなんてずるいものね……あぁ、ずーっと嫌だったの。お姉様ってば私の言うこと全然聞かないのだもの」

怖い。

私は周囲に向けて声を上げた。

「私は何もしておりません！」

その場には、これまで私が関わって来た人々も何人かいた。だけれど、こちらを見るそぶりもなく静観している。

ただの一人も、私を庇《かば》うことはなかった。

「お姉様、お父様とお母様も私が聖女であることを喜んでいらしたわ」

「……私のことは……？」

「さぁ？　何も言っていなかったわ」

あぁ、あぁ。

人間とは、こんなにも恐ろしい生き物だったのか。

自分は、見捨てられたのだ。

「追放前に顔を焼け。罪人だという咎《とが》が消えないようにな！」

もう、二度と人など信じるものか。

私は、拳を握り締め、痛みに耐える。

騎士に押さえつけられて、私の顔へと炎が押し当てられる。

涙など零《こぼ》すものか。悲鳴などあげるものか。

奥歯をぎりりと噛《か》み、焼ける痛みにただただ、耐えた。

第一章　森の魔女

鳥の鳴き声が聞こえ、太陽の光がカーテンの合間から差し込む。

私はその眩《まぶ》しさで体を起こすと、肌寒さに身を震わせながら、洗面所へと向かう。

古い家なので至る所から隙間風が入り込んでくる。冬になるまでに少しくらいは手入れをしなければと思いながら洗面台の水桶《みずおけ》に、貯《た》めておいた井戸水を移しそこで顔を洗う。

「つっめたい……今日は……痛むなぁ……」

二年前に元婚約者の手によって顔に負った火傷《やけど》は、寒い日には痛む。

鏡に映る自分は、昔の自分とは全く違う。

貴族令嬢であった頃は、化粧をしないなどありえなかったけれど、深い暗い森の奥では化粧をする必要もなければ化粧品すらない。

それになにより、火傷により右側の顔は赤く焼けただれており、化粧を施したところで隠れるものでもない。

傷跡を見るだけであの頃の絶望や悲しみが蘇《よみがえ》ってくるので鏡を見るのをやめた。

ただ、寒い日には酷《ひど》く痛むことがあるので、手製の軟膏を塗って痛みを和らげる。

「……まぁ、右目が失明しなかっただけ、ましよね」

そう独り言ちりながら、邪魔なので黄金色の後ろ髪を一つにまとめ、身だしなみを整え着替えを済ませると調理場へと向かう。

着ている服は古びたワンピースで、肌触りは悪いが着る物があるだけましだろう。

「火の魔法石も小さくなってきたな……こればかりは買わないと不便だし……頑張って働いて買わないと」

この世界には魔法石という物があり、それを使って作る道具を魔法具と呼ぶ。

使う魔法石によって生み出される魔法具は様々である。

火の魔法石を使った暖炉の魔法具や、氷の魔法石を使った冷蔵の魔法具。他にも収納できる魔法具など種類は様々だ。

ただし、それらは高価なものであり、平民の家庭までは普及していない。

平民は基本的に魔法石をそのまま使うことの方が多いのだ。

私も火の魔法石は打ち付けることによって火を生み出し竈《かまど》などで使っている。

魔法具になっている物だとより安全で使いやすいのだけれど高価すぎる。

魔法石で火をつけ、ポットでお湯を沸かしながらパンを切り皿へ載せる。その上にチーズを載せて机へと運ぶと、丁度お湯が沸いた。

森で採れた草花で作った茶葉で紅茶を淹《い》れると、私は席に着く。

「いただきます」

温かな紅茶を一口飲めばそれは少し薬湯っぽい苦さがある。昔飲んでいたような香り豊かなものではないけれど、それでも十分体は温まる。

チーズの載ったパンをかじりながら、私は今日も生きて食べ物が食べられることに感謝する。

この二年間、よく死ななかったものだと思う。

本当に奇跡的に運が良かったのだ。

追放処分となった私は、着の身着のままで追い出された。

運のよいことに、御者の方が私を馬車に乗せてくれて、安全な場所まで運んでくれた。そこからいくつもの馬車を乗りついで、私はルーダ王国の隣にあるアレクリード王国の森の中で暮らしている。

王家を呪ったことも、何故《なぜ》自分が泥にまみれこのような仕打ちを受けなければならないのかと泣いたこともあった。

だが泣き叫んだところでお腹《なか》が満たされることはない。

自分を助けてくれる救世主が来るわけではない。

サクサクとパンを最後まで食べ終えると、紅茶を飲み干し、そして立ちあがる。

「さて、今日もしっかり生きていきましょう」

もう人間など信じるものかと必要最低限以外はこの森に引きこもって暮らしている。

エプロンを着けると、私は庭へと出て今日の仕事を始める。

早朝の森の中はうっすらと霧がかかっている。

森独特の土の匂いと、湿った空気をゆっくりと吸い込み、しゃきっと働いていくぞと気合を入れる。

生きていくためには、一日一日、しっかりと働いていくしかないのだ。

庭に作った畑にて、野菜への水まきと雑草取りを済ませる。

その後は薬づくりの材料を森の中へ採取しに出かけるための準備を行う。

長靴に履き替え、ローブを羽織ると籠を持ち、腰には護身用のナイフを備え付ける。

森の中には狼《おおかみ》もいれば猪《いのしし》もいる。野生の動物たちはこちらを警戒して襲ってくることは少ないけれど、ここでは自分の身は自分で守らなければならない。

朝の森は本当に静かだ。

落ち葉を踏みながらも出来るだけ音を立てないように森の中を進んでいた時であった。

森の中に棲む鳥たちがざわめき始め、そして何かが走ってくる足音が響いた。

何か来る。けれどそれは、普通の動物ではない殺気を放っていた。

森の中で暮らしているとこういう気配に敏感になっていく。

私は腰に備え付けていたナイフを抜くと、木の根元へと身を低くして隠れながら様子を窺《うかが》う。

普通の獣であれば食料の為《ため》に狩りたい気持ちもある。

ただ、感じたことのない気配に身を強張《こわば》らせた。

――タンタンタン……。

ぴょこんと長い耳が辺りを警戒するように動く。

丸く赤い瞳、ふわふわの白いしっぽ。

可愛《かわい》らしい姿に思わず私は小さく呟《つぶや》いた。

「……うさぎ？」

「誰だ!?」

私の小声に反応するように声が響いて聞こえた。

その小さな体の可愛らしいうさぎから。

まさか自分がしゃべるうさぎにお目にかかる機会が、人生であるとは思ってもみなかった。

関わらないほうがいいだろうという気持ちと、白いふわふわのその姿に引き込まれていってしまう自分がいる。

私は立ち上がるとローブについた落ち葉を手で払い、うさぎの前へと進み出て、その目の前で片膝を突くとその姿をしげしげと見つめる。

どこからどう見ても真っ白でふわふわとしたうさぎである。

表情には出さないようにしつつも、私は心の中でふわふわの真っ白なうさぎが鼻をひくひくとさせながらこちらを見つめてくる姿に、胸が高鳴っていた。

大変可愛らしい。

うさぎは黙り、しばらく私の様子を見てから口を開いた。

「……そなたが、森に住むという、薬売りの魔女殿だろうか」

姿はうさぎでも、精神まではうさぎになっていないらしい。

そればかりかしっかりと人語も話せるということは、この呪いは不完全にかけられたものなのだろう。

呪いとは様々な魔力を含む薬草を用いて、それを調合し、生み出される代物である。容易《たやす》く作れるものではなく、膨大な知識と経験が必要な物である。

ただし禁忌に近く、それについての資料や研究論文は一部の許可を得た者のみ閲覧可能であった。

「獣化の呪い……うさぎだなんて……よく生き延びていたわね」

うさぎは食用にされる動物だ。小さくて、捕まえやすい。

良く今まで生きていられたものだなと思い感心して呟いたのだけれど、その言葉にうさぎは少し怒ったのだろうか。

後ろ足を地面に、タンッと打ち付けた。

可愛いなと思いながら、私は我慢しきれずにひょいとうさぎを抱き上げた。

「仕方ない。今日は採取は取りやめね。一度家へ帰るわ」

「おい。さりげなく頭を撫《な》でるな」

実の所、可愛い動物は大好きである。

この森に来てからも可愛らしい動物をどうしても食用としては見ることが出来なかった。

だけれど森の中でいくら可愛い動物を見つけても撫でられるわけではない。

なので、ふわふわの毛並みがすごく魅惑的という理由で抱き上げたことは内緒だ。

「うら若き乙女が、私が何者かも分からずに撫でるとは、危険だぞ。もし私が変態だったならばどうするつもりなのだ！」

「その時は、うさぎ鍋にしていただくわ」

「っひ」

体がぷるぷると震えており、私は慌てて落ち着くように体を撫でながら言った。

「冗談よ」

「……笑えん冗談だ」

ここまで怖い思いをしてきたのだろうか。そう思うと、ここに逃げて来た昔の自分と重なり、私はうさぎをぎゅっと抱きしめる。

「大丈夫よ。ごめんなさいね。そんなことしないわ」

怖い思いもたくさんしただろう。

自分が追放された時の思い出と重なり、胸が痛くなる。

「……無事ここにたどり着いてよかったわ」

そして出会ったのが人間の姿でなくて良かったとも思った。

人間は怖い。

だから、うさぎの可愛らしい姿で良かったとそう思ったのであった。

家に帰った私は、去年編んだひざ掛けをとり、それでふんわりとうさぎを包み込む。

それから椅子に座って、うさぎは膝の上に乗せ頭を撫でながら尋ねた。

「お腹はすいていない?」

「いや……この森は新鮮な草がたくさんあるから大丈夫だ」

「そう……」

ここしばらく草しか食べていないのだろうか。

いや、うさぎだからそれでいいのかもしれないけれど。

私は不憫《ふびん》になり声をかける。

「昨日採って来た果物あるけれど食べる?　うさぎって果物は食べれるわよね」

そう呟くと、うさぎは体を起き上がらせてしっぽをぴょこぴょこと動かす。あまりに可愛らしい仕草に、私は久しぶりに感情が動く。

「すぐ準備するわ」

「あ……いや、そんな」

「遠慮しないで」

私はうさぎを抱きかかえたまま立ち上がると、家の奥にある、食糧庫へと果物を取りに行く。

「これは……すごいな」

「そう？」

食糧庫の中には、瓶詰の保存食や干し肉、乾燥させた果物、森で採取した薬草などを保管してある。

他にも戸棚には熱さましの薬や、傷薬など自家製の薬も保管してある。

私は戸棚から昨日採って来た新鮮な果物を取ると、それをキッチンへと持っていきナイフでうさぎが食べやすいように小さく切る。

それを木の皿に入れ、床にひざ掛けを敷きその上にうさぎを下ろし木の皿を前へと出した。

机の上に置こうかと思ったのだけれど、もし落ちたらと想像してしまいやめた。

「……この綺麗《きれい》なひざ掛け……床に敷いてもいいのか？」

そう尋ねられ、私は気遣いの出来るうさぎなのだなと思いながらうなずいた。

「綺麗と言ってくれてありがとう。初めて作ったひざ掛けなの。ふふふ。そう言ってもらえて嬉《うれ》しいわ。遠慮しないで」

「そのように大事なものを……やはり……」

遠慮しようとする、うさぎの可愛らしい姿に私は少しばかりうっとりとしながら言葉を返した。

「なら、お礼に頭を撫でさせて。取引ってことでどうかしら」

今後こんな風にうさぎに触《さわ》れる機会などないかもしれない。

なら今回思う存分触らせてもらいたい。

私の中にずっと秘めていた、叶《かな》えることの出来なかった願い。小さな生き物を撫でまわしたいという願いがふつふつと蘇ってくる。

そう言えば、幼い頃も動物が好きで両親におねだりをしたことがあったなと思い出す。

あの頃は、オリビアが動物など不潔だと言って結局飼うことも許してもらえなかった。

久しぶりに思い出す妹の姿に、私は頭を振る。

可愛い物を愛《め》でることも近寄ることも許されず、私はそんな自分の想《おも》いに蓋をしていたことをうさぎを見つめながら思い出した。

そして、ここでは自分の想いに蓋をする必要はないのだということに気持ちが明るくなる。

「いくらでも撫でてくれ。ふっ。この体が役に立つとは思ってもみなかった」

少し自慢げにうさぎが言うものだから、そんな姿が可愛らしく思えた。

「さぁ、果物どうぞ。飲み物も横に用意するわね」

「かたじけない」

「いいえ。いいのよ」

うさぎの姿で良かった。

もし人間の姿であったなら、私はここまで親切には出来なかっただろうと思う。

飲み水を木の皿に入れ果物の横に置く。

するとうさぎは前足をプルプルとさせた後に、前足で顔をくしくしとし始め、その後に耳をくしくしお顔をくしくしと念入りにして、それからやっと果物を食べ始めた。

しゃくしゃくもぐもぐと果物を食べる姿を、私は椅子に座り頬杖《ほおづえ》を突きながら見守る。

一つ一つの動きが可愛らしくて、口をもぐもぐとさせる咀嚼《そしゃく》の動きさえ見ていて癒される。

今後自分の生活に余裕が出来たなら、動物を飼ってみるのもいいかもしれない。

果物を食べ終わったうさぎは、ぺろりと皿を舐《な》め、水をちびちびと飲む。

「ありがとう。久しぶりの果物……涙が……出そうなほど……美味《おい》しかった」

声が震えている。

その様子を見つめながら、そうよねと心の中で共感する。

きっと草を食べるということ自体、最初は戸惑ったはずだ。だけれどそれを我慢して草を食べ、うさぎの姿で助けを求めて走り、そして命の危機にさらされながらここまでやってきたのだろう。

大変じゃないはずがない。

私はうさぎをひざ掛けでくるんで抱き上げると、その頭を優しく撫でる。

「よく……頑張ったわね」

「……はは。美しき女性に頭を撫でられながらそのように言ってもらえるとは……な」

ふわふわの頭を優しく撫でていると、うさぎの体が少し震えているのが分かった。

「大丈夫。もうここは危なくないわ。……でも、ここに来るまでに他に助けは求めなかったの？」

「……うまくいかなかった……」

ぽつりと返って来たその言葉に全てが集約されている。私はうなずき返した。

「大変だったのね……それで、私の下には呪いを解いてほしいから噂《うわさ》を聞きつけてやってきたというところかしら？」

しっかりと確認しておこうとそう尋ねると、うさぎはうなずいた。

「その通りだ。近くの町で、森に住む魔女の作る薬が良く効くと聞いた……魔女ならばこの呪いの解き方を知っているのではないかと思い訪ねてきたのだ。どうか、私を助けてほしい」

「そうね……話を聞いてみてからでもいいかしら？　私も、出来ないことは出来ないから」

「あぁ。それでかまわない……不審な私の話を聞いてくれるだけでありがたい。ありがとう」

そう呟くと、うさぎは自分のことについて語りだした。

私はそれに静かに耳を傾ける。

こんなに会話を長く続けるのはいつぶりだろう。

うさぎだからこそ気兼ねなく話し、話を聞くことができる。

けれど、私は心の中でしっかりと線引きをする。

ちゃんと心に一線引いておかなければ、後々苦しくなるのは自分だから。

そんなことを私が思っているなんてうさぎには思いもよらないだろうなと思った。

◇◇◇

アレクリード王国の第三王子であるうさぎことレイス・アレクリードはルーダ王国の第一王子ローゼウスの婚約式に招待され、外交の為に赴いていた。

表向きは外交ではあるが、ルーダ王国の最近の状況も隣国としては把握しておきたい所である。

三十年ぶりに現れた聖女オリビア。

そのことについて、現在アレクリード王国ではいくつかの見解が出ている。出来るならばそれについても調べていきたい。

ルーダ王国で用意された宿泊する部屋は華美なものであり、王国としては現在安定しているであろうことが分かる。

そして婚約式当日。

周辺各国から、外交の為の来賓も多く出席している中、婚約式は恙《つつが》なく進行していく。

ただし、聖女オリビアは聖女のベールをかけておりその顔は隠されている。

ルーダ王国では婚約式では令嬢にベールをかけ、結婚式の時に皆にその顔を見せるという仕来りなのだという。

国によって作法は違うのは分かっているものの、レイスは眉間にしわを寄せる。

「そんな仕来り、あっただろうか？」

現在外交関係全般を任されているレイスは、周辺各国の礼節作法には詳しいと自負している。

だがしかし、これまでそのような仕来りがあったとは把握していない。

侍従にそれについて調べるように伝え、これは何か隠されたことがありそうだと考える。

「何が起こっている？」

小さくそう呟くが、その答えが返ってくることはない。

侍従の報告を待つとするかと、その日の夕方、レイスは部屋の中で一人違和感を覚えたことについて考えていた。

そんなレイスの下に、聖女であるオリビアから手紙が届いた。

内容としてはアレクリード王国の王子である自分と交流し、両国の仲を深めたいというものであった。

聖女の力がどの程度のものなのか把握したいという思いもあったので、もちろんそれを了承する旨の返事を出す。

「何か、手掛かりがつかめるといいがな……」

だが、問題が起こり始めたのは、その夜中のことであった。

夕食後から突如体に不調が出始めた。

「なんだ？　体が……熱いぞ……」

「レイス様大丈夫ですか？」

護衛の為に連れてきていた騎士達《たち》はかなり心配をしており、レイス自身も感じたことのない感覚に不安を抱いた。

「とにかく医師を呼んでもらえるように連絡をしてくれ」

「かしこまりました」

「騒ぎは大きくしたくない。他の騎士達にも騒ぎ立てないように伝えてくれ」

「はっ」

アレクリード王国の騎士達は精鋭ぞろいである。何かあった時には、自分を連れてルーダ王国から脱出を図ることも可能であるが、今の状況での移動は、死すら連想させられる。

今まで、冬の海に飛び込もうが風邪一つ引いたことのなかったレイスにとっては、異様なほどの不調であった。

そして、騎士が医師を連れてくる前に燃えるような熱さと痛みを感じ、気がつけば、体が縮みうさぎの姿に変わっていたのである。

最初は自分の体の異変が理解できなかった。

だがすぐに、このままではいけない、誰かに知らせなければと動こうとした。

だが、発熱したことにより喉がつぶれていて声が出せない。

その為自分を人間だと証明することが難しいと判断した。

最初は部屋の中に身を潜めていたのだが、侍女に見つかってしまい、逃げ、その後しばらくの間王城の庭に隠れて過ごした。

アレクリード王国の騎士達はレイスのことを必死に捜すも、まさかうさぎになっているなどとは思わないが故に、発見されることがなかった。

そして、声が回復してから門番に話しかけたのだけれど、呪いだ化け物だと言われ追い回されてしまった。

結局王城からも逃げることとなり、それからはどこへ行っても人間とは信じてもらえず、何もかもがうまくいかず、仕方ないので自国へと歩いて戻ろうと決意した。

ただその道は前途多難であった。

人間や他の動物にとって自分は弱者であり、常に命の危険があった。

森の中では殺気を出しながら走ることでどうにか他の獣たちは近寄らなくなったが、人間だけは違う。

追いかけられる恐怖をこの数週間で嫌というほど味わった。

そして森に入る手前の町で、森に住む薬売りの魔女の話を聞いた。

深い森の中から、たまに姿を現すのだという魔女の話に、藁《わら》にも縋《すが》る思いで森の中を駆けて魔女を探し、やっとたどり着いたのだ。

◇◇◇

話を終えたレイス様は、ゆっくりと息をつき、それから私の方を見ると呟いた。

「だけれど……魔女だと聞いていたのに天使のように可愛らしい人で驚いている」

「え？」

至極まじめな顔で突然そう伝えられ、私は驚くと同時に皮肉気な笑い声をあげた。

「ふふっ。天使って……天使にはこんな傷はないわ」

「？」

レイス様には私のこの醜い顔の傷が見えていないのだろうか。

首を傾《かし》げる姿が可愛くて私は頬をつんつんとしながら答えた。

「貴方《あなた》からは話を聞いたから私も自己紹介をするわね。私はミラ。この森で薬を作って町で売って生計を立てているの。ほとんど自給自足だけれどね。一応、呪いや薬についての知識は持っている。そして貴方のかかっているその呪いについても……知っているわ」

「なら、なら解けるのか!?」

「ええ。ちゃんと解呪の薬の作り方についても覚えている。私、一度読んだ本の内容は忘れない体質なの」

「なんと！　すごいな……」

「すごくなんてないわ……ただ記憶力がいいだけよ」

「何故？　たくさんの本を読んで、学んだのだろう。知識を得ることは重要なことのはずだが、それを怠る者は多い。ミラ嬢は勉強家なのだな」

「勉強家……」

「あぁ。本当に君に出会えてよかった。一生うさぎのままだろうかと……最近、気分が滅入《めい》っていたんだ」

しゅんと耳を垂れ下げるその姿に、そりゃあうさぎの足でこんな遠くまで必死に走って来たならば落ち込みもするだろうなと思った。

「大丈夫よ。ちゃんと解呪してみせるわ」

そう告げると、嬉しそうにレイス様は笑い、その頭を私はもう一度撫でた。

するとレイス様は真面目な顔で姿勢を正すと言った。

「……ミラ嬢、一応私は、今年で二十歳だ。つまり立派な大人の男なのだ……なので、そのように頭を撫でるのは……大丈夫だろうか？」

「大丈夫？　どういう意味？」

「……いや、見知らぬ男の頭を撫でるなど、気色悪いとは思わないのかと……先ほども私が変態だったらという……話をしただろう？」

「現在貴方は可愛らしいうさぎなので、問題ないわ」

私からしてみれば、元の姿を知らないわけであり、今の所知る必要もない。

なので、問題はない。

「……ふむ……そう、か」

「えぇ。でも王子様だとは思わなかったわ。呪われた王子様ってわけね。物語でも始まりそうね」

「……うさぎの王子様は、いかんだろう」

「そう？　可愛いじゃない。でも残念ね。人間の男には興味ないけれど、可愛いうさぎなら大歓迎なのに。元の姿に戻る手伝いなんて……残念だわ」

ため息をつきつつ肩をすくめてそう呟くとレイス様は顔を歪《ゆが》めて小さく息をつく。

「……私は戻りたい」

「ふふふ。分かっているわ」

私はそう告げると、戸棚から一枚の魔法の羊皮紙を取ってくるとそこに文字をさらさらと書いていく。

この魔法の羊皮紙に書くと、その契約はしっかりと結ばれることになり、破ることが不可能になるのである。

以前普通の紙に交ざって売られており、これは掘り出し物だなと思い買っておいてよかった。

それをじっと眺めながらレイス様は待つ。

どうやら私がしようとしたことをすぐに理解してくれたようだ。

「契約書よ。呪いが解けても私に危害は加えない。また、私の情報を他者に勝手に漏らさない。その代わり、貴方の呪いを解いてあげるわ」

その言葉にレイス様は驚いた表情で言う。

「いや、それだけでは足りんだろう！　私が元に戻った暁には、君の願いをなんでも叶えよう！」

胸を張ってそう言われ、私はくすくすと笑ってしまう。

久しぶりに笑うので頬もお腹も痛い。

「ふふふふ。なら、それも書いておくわ。二言はないかしら？」

「あぁ。もちろんだ」

私が恐ろしいことを願ったらどうするのかと思いながらも、そうする気もないのでいいかとうなずき文字を書き足していく。

私は自分の署名をし、そしてレイス様は可愛らしい前足のスタンプを押した。

羊皮紙は青白く輝き、これで契約完了だ。

私はしばらくの間その前足のスタンプを見つめた。

「……可愛い」

「……ミラ嬢は可愛いものが好きなのだな」

その言葉に私は素直にうなずく。

色々あって大変だったけれど、ここでの暮らしは妃教育《きさききょういく》を受けている時よりも遥《はる》かに幸せだ。

生きていると実感できて、私は毎日が心地よい。

「ええ。だから、うさぎのままでずっとここにいてくれてもいいのよ」

「ははは。いやいや、元の姿に戻りたい」

「あら、残念」

私が結構本気でうさぎのままずっとここにいたらいいのにと思ったことは内緒だ。

それから、私は家の中をレイス様に案内していく。とはいっても、狭くて古い一軒家だ。

隙間風の入ってくる穴はたくさん開いているし、屋根もなんとか雨を防いでくれる程度。

残されていた日記などから老婆が暮らしていたようだが、家族と共に町へと移り住むために、この家は手放したらしい。この老婆が、先人の魔女と呼ばれていた女性であろう。

保管庫の隣には小さな本棚があり、そこにある本はどれも森の中で生きるために参考になる本ばかりであった。

その本があったからこそ、私は先人の知恵を借りてこの森で生活することが出来るようになった。

この家にたどり着けたことも、私が生き延びられた理由の一つだ。

「古いが、いい家だな」

レイス様のその言葉に私はうなずく。

「私が生き延びられたのは、この家があったからだわ。本当に、この家には感謝しているの」

「うむ」

私の想いが伝わっているのか、レイス様が神妙な顔でうなずくのがおかしかった。

今日初めて出会ったはずなのに、一緒にいても不快感はない。

うさぎだからだろうか？

そんなことを思いながら、レイス様を抱き上げて庭へ出る。

「この庭では、薬草や、食べられそうな野菜を育てているの。森の中は獣も多いけれど、こちらを襲ってくるような大きな獣はあまりいないわ。でも、貴方はうさぎだから、一人では森に入らないでね」

「あぁ」

「だけど、本当によく……森の中襲われなかったわね」

「秘儀があるのだ。このうさぎの姿で考案した」

「秘儀……」

「こう、殺気をな、ぶわぁっと」

「そう、あ、倉庫のことも一応伝えておくわね」

「ん？　あぁ」

倉庫には畑で使う道具などが片づけられている。こうした道具が備えられていたこともありがたいことだ。

「さて、明日からは動きも変わるし、今日できることは済ませておかないと」

ある程度紹介をし終えた私は、生きていくために必要な日常の作業へと移る。

レイス様のことについては明日から計画的に進めて行けばいいだろう。今日できることは今日すませておかなければと動き続け、そして太陽が沈む前に夕食まで簡単に済ませる。

「さて、今日はもう明日に備えて寝ましょう」

「あぁ。では、私は外へ」

「え？」

「ん？」

私はレイス様を見つめると、レイス様が前の足をあげてこちらに向かって首を傾げる。

「外で？　いえ、一緒に眠りましょう。夜になるとまだ冷えるのよ」

「は？　いやいやいやいやいや。私は、男だ。成人している、男だ」

「今は、うさぎよ。それにベッドは一つしかないし、一緒に眠ったら温かいからいいでしょう？

さぁ朝は早いわよ」

レイス様をベッドの中へと引き込む。

ふわふわとして温かい。

生きているものの体温が伝わってきて、心臓の音が聞こえてくる。

不思議だ。

世界に一人きりじゃないと言われているような、そんな心臓の小さな音。

私は、久しぶりに夜の闇を怖がることなく、眠りに落ちたのであった。

「嘘《うそ》だろ……もう、寝ている……」

どこからかそんな嘆くような声が聞こえたような気がした。

暗い夜の森の中に、フクロウの鳴き声が響き渡る。

隙間風が吹き抜けていき、その風の冷たさに、瞼《まぶた》をゆっくりと開けた。

「ここは……あぁ、そうか、ここは森の……」

そう呟いたと同時に、ハッとする。

自分の前足が、人間の手に戻っているのである。

一体何が起こっているのかと思いながら、自分の顔を触り、その後、慌てて体を見ると、ちゃんと衣服を着ている状態であった。

それに少しばかりホッと胸を撫で下ろす。

どうして人間の手に戻っているのか分からずにミラを起こして尋ねようと思った。

だがふと、ミラが人間を少し嫌っているような雰囲気を思い出す。

それに何より、自分の都合でこんな夜中に起こすのは忍びない。

レイスは自分の横ですやすやと寝息を立てるミラを見つめ、一度自分の姿を確認するかと立ち上がると、視点が高くなり少しばかり驚く。

しばらくうさぎだったので、どうにも高い視点に違和感を覚えるのだけれど、どうにか洗面台の所へと向かうと、自分の顔を見て息をつく。

白い髪に赤い瞳。

うさぎに変わった姿と色自体は変わらないが、人間になった自分とうさぎとを結び付けてくれるだろうかと不安に思う。

それにしてもとレイスは視線を家の中へと向ける。

うさぎの頃だと広く感じた家だけれど、人間の姿に戻ると本当に手狭な小さな家だと分かる。

だが、気になったのはそこではなく、至る所から隙間風が入ってくるということだ。

古くて今にも壊れそうである。

しかもここは森の中心部である。

普通の人間ならばこの家にたどり着く前に、獣に襲われて死ぬか、道に迷って死ぬか、どちらかであろう。

それほど深く、人を惑わせる力のある森なのである。

だからこそ言い方を変えればよい隠れ場所でもあった。

ベッドの所へと戻ると、眠るミラを見つめながらレイスはしゃがみこむ。

知識量や文字が書けること、また所作からしても平民ではないだろう。

何か事情があるのだろうと思いながら、レイスはこの呪いが解けたならばしっかりと恩返しをしようと心に決める。

その恩返しの第一歩にと、レイスは立ちあがると部屋を出て家の外へと出た。

空には珍しい程に赤く大きな満月が輝いていた。

月には魔力があると言う。特に赤い満月には不思議な力があるらしい。

「もしやその影響か……とにかく、いつまで人間の姿でいられるのだろうか」

森の中から、先ほどのフクロウの鳴き声が響いて聞こえてきた。

暗い森の中は恐ろしい雰囲気で、月がなければ漆黒の世界が広がっていたことだろう。

レイスは首に着けていたネックレスに触れた。

次の瞬間、剣が現れ、レイスはそれを構える。

「よし、使えるな。緊急用の魔法具が使えて良かった」

発熱にうなされた際、レイスはシャツにズボンという軽装であった。そんな時ですら、このネックレスだけは肌身離さずに着けていた。

色々な国を旅してきたレイスからしてみれば、いつどんな時に緊急事態が訪れるか分からない。だからこそ、緊急時に使えるようにと魔法具をいつも身に着けているのだ。

ただ、うさぎの姿では魔法具自体も何故か消えていた。

どういう仕組みなのかは分からないけれど、獣化の呪いの際には、身に着けていた物もまとめて獣化するようだ。

魔法石がはめ込まれているこの魔法具は、緊急時に必要なものをいくつか取り出せる代物だ。

指ではじくと同時に剣が現れる。

レイスは剣を振り、自分の体の感覚が鈍っていないかしばらくの間基本の動作をして、それから森の中に入るとよさそうな木を見つけて、剣を構え切る。

次の瞬間、木は真っ二つになりレイスは構えるとそれを巧みに切っていく。

魔法具の剣なので、恐ろしい程によく切れるのである。

レイスが作り上げていったのは木の板であり、それが出来上がるとレイスは水の魔法石を指ではじき、それを使って木を洗い、そして火の魔法石を使って乾燥させていく。

出来上がったらそれを家の近くへと運び、隙間風が入ってくる位置を確認すると出来る範囲で修理を施しておこうと考える。

次いつ人間に戻れるか分からないので比較的緊急性を感じる場所から応急処置をしていく。

あくまでも、一時的な応急処置なので、いずれはしっかりと手直しさせてもらおう。

もしくはミラに協力してもらったお礼として、ちゃんとした家をプレゼントするのはどうだろうかと考える。

喜ぶ姿を想像するだけで、作業は恙なく進んでいった。

「よし……ひとまず、まぁ……いいか？」

勝手にだが外の倉庫にあった修理に必要な道具は貸してもらった。

空を見上げると月が乳白色へと変わり始め、暗かった空が明るんでいる。

夜森の中で鳴いていたフクロウも、もう寝静まっている頃だろう。

「朝か……」

そう思った瞬間、体が突然重くなる。

レイスは急いで家の中へと入り、その場にうずくまると体の中がぐつぐつと煮えたぎるような熱さを感じた。

「グ……この、感じは⁉」

視界がかすむ。そして、瞼は重たく、意識は遠のいていった。

次目が覚めると、温かななにかに包まれており、頭を優しく撫でる手を感じた。

「目が覚めた？　大丈夫？」

優しい声が聞こえ、自分の視点がまた低くなっていることに気がついてため息が零《こぼ》れる。

「大丈夫……だ」

心配そうな視線に、申し訳なさを感じつつ体を起き上がらせた。

人間になっていたことを話そうかと思っていると、ミラが口を開いた。

「外の修理をしてくれたのは、貴方？」

「え？　あぁ」

もうミラは自分が人間に一時的に戻ったことを知っていたのか、そう思った。

だけれど違ったようだとすぐに気づく。

「うさぎの姿でどうやって……でも、ありがとう。朝目が覚めた時に、隙間風がなくてびっくりしたの」

「え？　い、いや。いいのだが……じ、実は」

「ふふふ。すごく嬉しい。可愛いうさぎさんと暮らせてしかも寝ている間に家を修理してくれるなんて。でも、それでこんなに疲れて床で倒れているなんて、びっくりしたわ。もう何もしなくてもいいから、元気でいてちょうだい」

優しく頭を撫でられ、レイスは言うタイミングを逸する。

あまりにも可愛らしく笑う姿に、見とれてしまったのが原因の一つだろう。

そしてそれから月が出ても夜に人間の姿に戻ることはなく、あれは赤い月の魔力による一過性のものだったのだなと毎夜月を見上げながらため息をつくことになった。

「はぁ……早く、人間に戻りたい」

第二章 当たり前とは

自分の家に、誰かがいる生活というのは、思いの外心が浮き立つものなのだなと私は思った。

すぐにいなくなる人なのは分かっているのに、そんな風に思ってしまう。

線引きしたつもりになって、全然できていない自分にため息が零《こぼ》れるが、あまりに可愛《かわい》らしい姿に、これで浮き立たないのは無理だと思う。

私が歩くと、レイス様は私の足元をぴょこんぴょこんとついて来るのだ。

可愛らしすぎる。

私は毎回我慢しきれず、抱き上げようとするのだけれど、レイス様曰《いわ》く、抱き上げられるのは何となく居心地が悪いとのことであった。

なので、休憩中に果物を食べる時だけ、抱っこして触らせてもらうことにした。

可愛さに抗《あらが》えない。

「さて、まずは呪いの具合を見させて」

「わかった。その、解呪にはどれくらいかかるだろうか」

そう言われ、私は少しばかり考える。

「そうね……呪いの具合を見て、それから採取に必要なものを町に買い出しに行き、それから森の中へ入って、そこから薬づくり。薬草の乾燥にも時間がかかるから……早くて薬が完成するのが一週間から一か月。そこから少しずつ薬を飲んで様子を見ていくことになるわ」

「なるほど……結構かかるのだな」

がっかりとした様子だけれど、私としては仕方のない日数だ。

「そりゃあそうよ」

急激に体を元に戻そうとすれば、それだけ体に負荷がかかる。

「……ミラ嬢に手間をかけさせてしまい申し訳ない……元に戻れば必ずお礼はする」

「ふふふ。貴方《あなた》って義理堅いのね。いいわよ。私別にやることもないし。毎日ちゃんと食べて生きるだけで幸せだから。あ、でも貴方を最優先にはするけれど、毎日の生活でやらなければならないことはあるから、その分時間はかかるわよ」

「それはもちろんだ。私も出来る限りのことはさせてくれ」

「あら！　それなら、撫《な》でさせてくれるだけで十分よ」

ふわふわの体を撫でさせてもらうだけで、日ごろの疲れが癒される。

こんな感覚初めてのことである。

「……そうではなくて、家のことで手伝いは出来ないだろうか」

「……そう、ねぇ」

可愛らしい前足。これで何が出来て何が出来ないだろうか。

「とにかく、まずは呪いの具合を見せてちょうだいね」

私はそう言って、話題をずらすことにしたのであった。

「抱き上げてもいいかしら？」

そう声をかけ、レイス様がうなずくのを見てからやさしくそっと抱き上げると、台の上に乗せる。

「薬草の反応を見るから、じっとしていてね」

「わかった」

机の上にはすでに、薬草を準備してある。

解呪の為《ため》に必要な薬草はかなりの数あるのだけれど、今回の反応を見る薬草というのはそれらとはまた異なる。

どの程度の呪いの進行具合かを調べる為のものであり、それによっては薬草の量が変わってくるのである。

丁度採取したばかりの新鮮な薬草があってよかった。この薬草は別の薬の精製に使う予定だったが、レイス様の呪いの度合いを見ていくために使う。

薬草をレイス様の体に頭から順番に撫でつけていく。

すると薬草の色が変化し、私はそれを記録していく。

頭、前足、胴体、後足、それらの反応をまとめ、次の薬草に移る。

それを何度か繰り返して、私は必要な薬草の分量を計算し、まとめていく。

「なるほど。貴方の呪いはやはり不完全なものね。おそらく呪いの薬かなにかを飲まされたようで、それの配分が悪かったからこそ、喋《しゃべ》れるし意識を保っていられるようだわ」

「なるほど……つまり私は呪いの薬を誰かから飲まされたということか。ルーダ王国の何者かの仕業か……」

その言葉を聞き、私は一瞬、呼吸を止める。それから、ゆっくりと息を吐きだしながらどうしたものかと頭を悩ませる。

そもそも、私がこの獣化の呪いについて知っていたのには理由がある。

私はその薬を作ったであろう人物について、実の所心当たりがあるのだ。

それをレイス様に告げるべきか、悩んでいるとレイス様は私の方を見て言った。

「誰の仕業かはこちらで元の姿に戻ってから調べる。ミラ嬢ありがとう」

まるで線引きをするようにはっきりとそう告げられて、私は気づいた。

おそらくレイス様は私を巻き込まないようにと思って、そこで話を切ったのだろう。

こちらには不利益にならないように……そんな優しさが垣間見《かいまみ》える。

「変な人……さぁ、もう後は自由に過ごしていてちょうだい。私はここからやることをまとめていくから」

「わかった！　では私は掃除でもしよう。雑巾を貸してもらえるか？」

「え？　えぇ……」

私はどうやってするのだろうかと思っていたのだけれど、雑巾を手渡すと、レイス様は少しずつ、少しずつ器用に床の拭き掃除を始めた。

自分の置かれた環境に悲観することなく行動する姿に、私は好感を抱いた。

「ありがとう。助かるわ」

毎日生きることに必死になっていると、床の拭き掃除は結構おろそかになりがちである。

少しずつでもやってもらえると、とても助かる。

「いや、こちらこそ迷惑をかけているのだ。このうさぎの体！　そのうち使いこなして見せる！」

レイス様はそう言うとうさぎの体を使いこなそうとしているのだろう。少し歪《いびつ》な動きをしながら、ぴょんぴょこと床掃除をしてくれる。

私はその姿をしばらく可愛らしいなと眺めた後に、レイス様の体に合った解呪に必要な薬草の量を計算していく。

メモに必要な量を書きだした後、今度は家のこともしなければと庭の植物に水をやっていると、レイス様がやってきて、雑草を上手に引き抜き、食べられる草は食べ、食べられない雑草は腐葉土づくりの穴の方へと持っていってくれる。

有能である。

あまり有能でないほうが良かった。

有能であればある程に、いなくなった後が困るから。

私はそこが終わった後は、森の中に入るのに必要な道具を買うために、まずは薬を売ってお金にしなければと保管庫に行き、売る品物をまとめていく。

以前、作り置きしていた薬が結構あるので、これをもっていけばまとまったお金になるだろう。

ただ、町に行くのにも時間がかかるので、明日出発にしようと考える。

明日仕事が出来ないとなると、家の仕事を前倒しで行っておかなければならない。

週に一度のパン作りと、あと水がめに水を溜《た》めないといけないのでその作業もある。

「さぁ、頑張りますか」

繰り返される毎日に、少し別のことが組み込まれるだけで一日のスケジュールが変わる。

頭の中でやるべきことに段取りを付けていきながら、私は動き出したのであった。

忙《せわ》しなく動いているとあっという間に時間が経《た》ち、気がつけば昼の時間はとうに過ぎていた。

夜になるまでに終わらせておかなければと思い、もう一度気合を入れなおした時のことであった。

「ミラ嬢……その、ミラ嬢は休憩しないのか？　その、私のことで忙しくさせているので申し訳ないのだが……休んでほしいのだ」

レイス様はそう言うと少ししょんぼりとした様子で耳を垂れ下げる。

私は慌てて言った。

「あ、ちょ、ちょうど今休憩するところだったのよ」

すると耳がぴょこんと嬉《うれ》しそうに立ちあがり、私は一度つけていたエプロンを外す。

「そうか！　よかった」

こちらのことを心配してくれているのだろう。

少しむず痒《がゆ》くなりながら、私はパンの上に庭から採って来た野菜とチーズを載せる。

レイス様には野菜と干した果物を出すと、瞳を輝かせた。

「なんと！　私にもいいのか？」

「もちろん……ごめんなさいね。一人だとどうしても仕事優先にして、食べなくても大丈夫っていう考えがあるから。貴方の分も用意しないといけなかったのに……」

終わらせていく仕事のことばかり考えてしまっていた。

しっかりと相手の食事のことまで考えていなかった自分に反省していると、レイス様は慌てた声を出す。

「い、いや違うのだ。私は庭に生えている新鮮な草も食べられるから問題ない。その……ただミラ嬢は今にも倒れてしまいそうなほど細いから……食べないと心配になっただけなのだ」

まただ。

息を吸うようにこちらの心配をしてくれている。

他人の私を、おそらく自分の呪いを解いてもらうとは別の感情で、当たり前に心配してくれている。

当たり前。そんな当たり前さえ、私の身近にはなかったことすぎて、心がこそばゆい。

「とにかく、ちゃんと準備をするから……心配、ありがとう」

「私も出来る限り手伝う！　結構うまく動けるのだ！　この体！」

「それはたぶん呪いが不完全だからよ。ふふふ。でもありがとう。家の中にある物は触っても大丈夫なのだけれど、ただ保管庫の植物に関しては毒のあるものもあるから、そこは触らないで頂戴」

「毒があるものも使うのか？」

その問いかけに、私はうなずいた。

「えぇ。もちろんよ。毒というものは、使い方次第では薬になる。でも、扱いが難しいものが多いから中々に大変なのだけれどね」

「色々と難しいのだな。うむ。勉強になる」

「ふふふ。そう」

真面目な顔でうなずく、その神妙な顔が可愛い。

うさぎ姿になると、どんな姿すら愛《いと》おしく見える。

「よし！　では、頑張るぞ」

可愛らしいうさぎの前足をにぎにぎとして自分の体の使い方を考えている姿が可愛らしい。

困難なことがあっても悲観するだけではなく、自ら立ち向かおうとする。その姿は好感が持てるし、こんなに居心地の良い人もいるのだなと私は思った。

次の日は、太陽が昇る前に支度を済ませ、髪の毛を私は一つにまとめた後にローブのフードをしっかりと被《かぶ》る。

薬の入っている荷物は背中に背負い、結構な重さになっている。

「そんなに持って……大丈夫か？」

「えぇ。行きだけだから、どうにか……大丈夫」

レイス様には待っているようにと伝えたのだけれど、一緒に行くとのことで、家を出ると森の中を一緒に並んで歩いていく。

するとレイス様は家を出た途端にうさぎから発せられるとは思えない殺気を放ち始めた。

「これが秘儀だ！　こうしていると、獣は近寄って来ないからな！　安心するといい」

肌がぞわぞわとするようなその気配に、私はレイス様は人間の時どのような仕事をして、どんな生活をしていたのだろうかとふと考える。

頭の中で勝手に小柄なうさぎのような王子様を想像していたけれど、もしかしたら大きく違うのかもしれない。

ただ、私は頭を振りそれを考えるのをやめた。

いずれ人間に戻れば去って行く人だ。

考えたところでどうしようもないし、人間とは関わりたくはない。

適度な距離感で接しなければとそう思ったのであった。

レイス様が殺気を放っているからなのか、いつもは賑《にぎ》やかな鳥のさえずりも聞こえず、森の中が静まり返っていた。

不思議な空気だなと思いながらも、獣を心配せずに歩けるということに少し心持が楽になる。

ずっしりと背中の荷物は重いけれど頑張らなければと、私は気合を入れて歩いたのであった。

途中休憩を挟みながら、おおよそ五時間ほどで小さな町に着く。

この町は、次の町への中間地点になっていることもあり小さいながらに賑わっており、露店の方まで行けば様々な品物が売られている。

ただ私が向かうのはそちらではなく、路地裏の小さな古びた薬店だ。

「この袋に入っていてちょうだい」

「わかった」

可愛いので攫《さら》われたら大変である。

レイス様には持ってきていた大きめの袋に隠れていてもらうと、私は店の中に入った。

ドアチャイムの音がうるさいくらいに鳴り響くと、奥から店主がおもむろに出てくる。

店の中は、独特な薬草の香りで包まれてた。

「あぁ、いらっしゃい。今日は大荷物だな」

丸眼鏡をくいっと上げた壮年の男性は、私の荷物を眺めながらそう呟《つぶや》く。

「えぇ。少し入用になったから。買い取ってもらえる?」

「もちろんだ。あんたの薬は物がいい。さぁ見せてくれ」

「えぇ」

机の上にカバンを下ろすと、一気に肩が軽くなる。

重たかった。肩で止まっていた血がすっと流れていくような感覚に、私は息を吐く。

そしてカバンの中から一つ一つ小瓶を机の上へと並べていった。

店主はそれを一つずつ手に取り、確認していく。

その瞳は先ほどまでとは違い鋭く、小瓶の蓋を開けて中の香りなどもしっかりと確認していく。

そしてふむふむと言いながら一度立ち上がると、奥から袋を持ってきた。

「今回も問題ないね。あんたは本当にいい仕事をしてくれる。なぁ、あんた森の魔女なんてやめて、この町で暮らしたらどうだ？　あんたほどの腕があれば店も構えられるだろうよ」

ここの店主はとても良い人で、わけありっぽい私からも正当な金額で品物を購入してくれる。

他の町でも薬を売ったことがあるが、そこでは安値でしか取引してもらえなかった。

だから正当な金額で購入してもらえた時には、本当にいいのかと逆に尋ねたくらいだった。

いい人なのだろう。ただ、それでも私は、この優しい壮年の男性ですら信じられず怖いのだ。

「ありがとうございます。でも……一人が好きなので」

断っても、嫌な顔一つせず肩をすくめるだけ。

「いつかでいいさ。さて、それじゃあこれが今回の代金だ。確認してくれ」

袋を渡された私は中身を確認する。

そこには結構な金額が入っており、いつもよりも多いのがすぐに分かる。

「あの」

「いつもいい品をありがとう。少しばかりの気持ちさ。さてでは、またな」

そう言うと店主はそそくささと受け取った薬を片付けるためにお盆の上へと載せて、奥へと入って行ってしまった。

私はカバンに袋を入れると、姿は見えなかったけれど頭を下げ、店を出た。

「……良い店主だな」

外に出るとひょっこりとレイス様は顔を出してそう呟く。

私はうなずきつつ次の店に向かって歩き出した。

早めに必要な品を買ってしまおう。行く場所は決まっているが、数が数軒ある。

「さて、行きましょうか。隠れていてね」

「あぁ。分かった」

出来るだけフードを深くかぶって歩きだす。

道を何回か曲がり、細い路地を出来るだけ進んで大通りの人が多い場所には出ないようにする。

自分の姿を出来るだけ人には見られたくないという思いがあった。

そんな中、通りの向こう側から子どもが数人こちらに向かって駆けてくるのが見えた。

明らかに、こちらに向かってきているのが分かり、私はしまったなと思いながら違う路地へと回ろうとしたのだけれど、通せんぼをするように立たれた。

「見つけた！」

ということはわざわざ私を探しに来たのだろうかと思っていると、フードの内側を覗《のぞ》き込んでくる。

「あぁ！　森の魔女だ！　わぁぁ！　本当に顔に火傷《やけど》がある！」

すると数人の子ども達《たち》に私は取り囲まれてしまう。

興味本位で以前追い回されたこともあるので、その手の類だろうかと身構える。

後ろへと後ずさりした時、風によってフードが取れてしまい、火傷の痕が露《あらわ》になり、私は慌てて顔を隠すように顔を俯《うつむ》かせると、フードを被りなおす。

「魔女さんだ！　やっと会えた！」

「火傷！　わぁぁ！　本当に見えた！　わぁぁぁ。気持ち悪い」

子どもとは正直である。

私は他の人の目が集まる前にここを立ち去ろうとした時であった。

カバンの中からレイス様が飛び出すと声を上げた。

「女性にそのような口を利くとは、紳士としてなっていないぞ」

突然目の前にうさぎが現れ、しかも人語を話したため、子ども達はポカンとした表情で動きを止める。

「う、うわぁ。使い魔だ！　さすが魔女！」

「すげぇ！」

「うさぎが喋ったぁぁぁあ！」

興奮気味の子ども達に向かってレイス様は地面をタンッと蹴って子ども達を黙らせると低い声ではっきりと告げた。

「子どもであろうとも、レディに対して不躾《ぶしつけ》な口調は許されん。まずしっかりと謝罪をすべきだ」

叱られていることがはっきりと伝わったのだろう。子ども達はハッとしたように慌てた様子でこちらへと視線を向けて頭をさげた。

「「「ごめんなさい」」」

素直な様子で謝る姿に、私は首を横に振るとレイス様を抱き上げた。

「もう、勝手に出てきてはダメよ」

「うむ……すまん」

人目につく前に袋の中へと戻しながらそう注意し、それから子ども達に視線を戻す。

「貴方達、気にしないでいいのよ。本当のことだもの。では、さようなら」

これ以上人目にもつきたくないし関わりたいとも思っていない。別に子どもに言われるくらいどうということでもない。

立ち去ろうとしたのだけれど、それに慌てた様子で子どもが口を開いた。

「で、でもね！　魔女さんの薬で、この前の風邪、すぐよくなったから、ありがとう」

「俺も、母さんの病気、よくなったんだ……だからありがとう」

「え？」

突然の言葉に驚くと、子ども達は真っすぐに私を見つめながら言った。

「本当は……魔女さん見て、お礼を言いたかったんだ」

「ただ、その……火傷のことも気になってたから、見て興奮しちゃって、ごめんなさい」

「僕も……本当にごめんなさい」

こちらを見つめてくる真っすぐな瞳に、自分の薬もちゃんと人の役に立っているのかと、そう思った。

実際に、人から感謝される機会などないから言葉に詰まる。

「役に、立てているのね」

小さく呟くと、女の子が私の方へと歩み寄り、小さな手で私の手をぎゅっと握ってうなずいた。

「うん。ありがとう。本当に。魔女さんにそれをちゃんと伝えたかったの」

自分がやってきたことが無駄ではなく誰かの役に立っている。それが伝わってきて、つい目頭が熱くなる。

それをぐっと堪《こら》えながら、私は答えた。

「役に立てたなら、よかったわ……それではね」

出来るだけ早くこの場から離れようと歩くと、後ろから子ども達の声が響いた。

「『本当にありがとう！』」

ちらりと振り返り、会釈をして私はまた歩く。

そして人通りの少ない公園のベンチに腰掛けると、私は両手で顔を覆った。

レイス様が袋から出てくると、こちらを心配そうに見つめてくる。

「大丈夫か？」

「……貴方ね、勝手に突然出てこないで。人目がなかったから良かったけれど、喋る動物なんて連れて歩いたらどんな噂《うわさ》が立つかわからないのよ」

「す、すまない」

「もう……それに、別に本当のことなんだから……よかったのに」

「それは違うだろう」

レイス様はそう言うと私のことをじっと見つめながら言った。

「ミラ嬢は美しい。それに子どもだろうが、あぁいう態度はよくない。大人として注意するのは当たり前のことだ」

当たり前。

私はふと幼い頃のことを思い出す。

『お姉様って本当に可愛くないよね。でもオリビアはとーっても可愛い。みーんなオリビアのことは好きになるもの』

『オリビア、失礼よ』

私がそう言うとオリビアはすぐに両親の下に飛び込んで甘えた瞳で両親のことを見上げた。

『お父様、お母様、お姉様こわーい。オリビアまだ小さいのに。お姉様を叱って?』

『こらこらミラ。オリビアはまだ幼いのだから、優しくしなさい』

『そうよ。もうただの冗談じゃない。まぁオリビアが可愛いことは本当のことだけれどね』

両親に私は窘《たしな》められ、オリビアは許される毎日。

私は目の前にいるレイス様の言葉に胸が苦しくなる。

「……そんな……そんな当たり前知らないわ」

自分にとって、レイス様の言う当たり前は、当たり前ではない。

「ミラ嬢?」

両手で顔を覆ってうつむき、私はしばらくの間動けない。

心がざわめいていて、私は大きくゆっくりと深呼吸を繰り返した。

「……ミラ嬢。すまない。気を悪くしただろうか」

その言葉に首を横に振る。

「貴方は悪くないわ……ごめんなさい」

小さくそう呟くように言葉を返しながら、自分を納得させるように呼吸を繰り返していると、レイス様の小さな前足が、私の膝にそっと置かれる。

誰かが傍《そば》に、ただいてくれる。

そんな体験も初めてだった。

だめだと思うのに、傍にいてくれる居心地の良さが心地よく、そして……辛《つら》い。

どうせ、貴方もいなくなるのに。

そんな風に思ってしまう自分が、どうしようもなく嫌だった。


結局その日は町に一泊し、それから翌日に家に帰ることになった。

翌日朝一で私達は買い出しを済ませていく。

解呪に必要であるものの、森の中では採れない薬草や、魔法石。また、森の中を散策するにあたって必要になる手袋や保存袋。

それらは町で購入していく。

それが終わった後に日用品で足りなかったものも買っておく。

昨日から私はレイス様とまともに話が出来ていない。

私が不機嫌だと思っているのか、レイス様もこちらの様子を窺《うかが》っているようだ。

不機嫌なのではない。ただ、どうしたらいいのか分からなくなってしまった。

レイス様の当たり前と私のこれまでの当たり前とが違いすぎて、それに戸惑っているのだ。

だけれど、このままではレイス様に失礼だなと思い、私は森を歩きながら口を開いた。

「ごめんなさい。失礼な態度を取ったわ」

すると私の足元をぴょんぴょんとついてきていたレイス様は足を止め、そして前足を上げてこちらを見つめる。

私達は見つめ合ったまま動きを止め、レイス様は迷ったように口に前足を当てて、それから言った。

「いや、いいのだ。私こそ、色々と思慮不足だったのだ。すまない」

こちらに気を遣ってくれているのだろう。

「……いえ……じゃあ行きましょうか」

「あぁ行こう。ミラ嬢。本当にありがとう。必ず元に戻りこの薬代なども支払う」

その言葉に、私はふっと笑ってしまう。

「それはありがたいわ。結構な痛手ですもの」

「う……十倍にして返そう」

「ふふ。ふふふふ」

レイス様は優しくて真っすぐな人なのだろうなとそう思った。

表裏がなくて、一緒にいてすごく居心地がいい。

王族なのにもかかわらず、不遜な態度もなく、きっと皆から好かれているだろうことは想像に難くない。

森の中をそれからはひたすらに歩いていると、レイス様が口を開く。

「行きとは違う道なのだな」

よく森の中なのに気がついたなと思いながら、私はうなずき返す。

「後を付けられたりすることがあると、危ないから、出来るだけいろんな道を通るのよ」

道とはいっても獣道である。

誰もついては来ていないと思うけれど、それでも用心には用心を重ねる。

私達が家に帰りついたのは、太陽が陰り始めるころであった。

家の中に入り鍵を閉めると、私は重たい荷物を床へと下ろし、それからローブを脱ぎ、身軽になると、桶《おけ》の中に水を溜めてその中に火の魔石を入れてくるりと一周回す。

手を入れてみればちょうどいいお湯の出来上がりである。

沸騰した熱いお湯を作ることは出来ないのだけれど、こうしたぬるま湯くらいならばすぐに出来る。

それに二枚のタオルを浸し、一枚のタオルをよく絞るとレイス様に声をかけた。

「体を拭きましょう。泥だらけでしょう」

「え？　あ、いやいやいや。自分でするから大丈夫だ」

「いいから」

私はそう言うと少し嫌がるレイス様を抱き上げると、絞った温かなタオルで体を拭き始める。

しっかりと絞ってあり体もあまり濡《ぬ》れないので、これならばうさぎのレイス様でも大丈夫だろう。

足がかなり汚れているので入念に拭いていくと、あっという間にタオルは真っ黒になった。

森の中は泥でぬかるんでいるところもあったので仕方がない。

「ほら。汚れてたでしょう?」

「うぅぅ。あぁ……ありがとう……」

それから不貞腐《ふてくさ》れたのかレイス様は部屋の隅にいってしまった。

私はブーツを脱ぎ戸棚に入れると、着ていた洋服を脱ぎ、シフトという長いワンピース型の下着姿になる。

レイス様は今はうさぎなので男性扱いをしていない私は、先ほどお湯に浸しておいたもう一枚のタオルを絞ると体を拭き始めた。

宿でお湯に久しぶりに浸《つ》かったのだけれど、やはり森を歩いてくると汚れるし汗をかくのでこうやって拭くだけでもすっきりとする。

「本当は全部脱いでしたいところだけど、さすがにそれは我慢ね」

ぼそっと呟くと、恐らく私が洋服を脱いだ気配を感じ取ったレイス様は私に背を向けたまま声を上げた。

「いやいやいや。ダメだろう。頼む……私をうさぎとしてカウントしないでくれ。一応男なんだ」

「あら、それなら一緒に暮らせませんが？」

「確かに……」

「ふふふ。今はうさぎということでご容赦くださいな。それにちゃんとシフトは着ているわ」

「わぁぁぁ！　想像してしまう！　やめてくれ！」

「人を化け物のように言わないで」

「化け物であればよかったが、ミラ嬢は美しき女性だぞ！　分かるか!?」

「いえ……何を言っているのかまったく」

私は何を言っているのかよくわからなかったけれど、とにかくこの格好がだめなのだろうなと思い、寝衣用のワンピースへと着替えを済ませる。

「ほら、洋服着たわよ」

そう告げるとやっとレイス様はこちらを向き、それからぴょんぴょことこっちへとやってくる。

その仕草が可愛らしくて、口元が緩む。

時計の針を見ると、夕飯にほど近い時間で、自分達も結構な疲労感である。

町で買ってきたパンに私はたっぷりの自家製ジャムを塗り、買ってきたミルクを用意する。

レイス様には野菜と少量の果物を切って出す。

それを見つめながら私は呟いた。

「……人間に戻ったら、ごちそう作ってあげるわ」

自分でも、自分の呟きに驚いた。

人間の姿に戻ったら？

「え？　なんと言った？」

レイス様のその言葉に私は慌てて話題を逸《そ》らした。

「お腹空《なかす》いたわ〜。家で焼くとパンは固くなりがちだけれど、買ってきたパンはやわらかいものなの！　奮発したわ。食べましょう！　いただきます」

久しぶりに食べたやわらかなパンは、甘みを含んでおり美味《おい》しくて動きを止めた。

パンが美味しい。

そして牛乳を一口飲みその甘さに私は小さく息をつく。

美味しいのだ。

貴族の令嬢であった頃はこれよりも豪華な食事をしていたはずなのに、今食べるこのパンと牛乳の方が美味しく感じる。

ちらりと横を見ると、美味しそうにレイス様もしゃくしゃくと口を動かしながら食べていて、笑みがこぼれた。

「美味しい？」

「それがな、美味《うま》いんだ。今は肉やパンを食べたいと思わないんだ。ただ、果物は本当に驚くほど美味い」

「でも、果物も食べすぎはだめだから、ちょっとずつね？」

「わかっている。美味い」

「ふふふ。疲れているからより美味しく感じるわね」

「あぁ。そうだな」

外は暗くなるけれど、家の中は明かりをつけて温かな雰囲気だ。

誰かと一緒の食事とはこんなにも優しいものだったのだろうか。

レイス様であれば、人間になっても一緒に食事が出来るかもなと、ふとそんなことを私は思って、そして、自分に待ったをかける。

この人はいずれいなくなるのだと、ちゃんと理解しておかなければいけない。

人間などもう二度と信じるものかと誓ったのに、時間とは無常だ。

あの時の絶望を忘れてはいないのに、それでも時が流れ、そして怒りが薄れゆく。

恐ろしいことだと、私は心の中で開きそうになっていた蓋を、そっと閉めた。

第三章　森の採取

町から帰ってきてから、買ってきた薬草の下準備などを行うのに数日を要した。

レイス様はその間に、うさぎとは思えない動きで掃除や洗濯などを手伝ってくれるようになった。

ジャンプ力も普通のうさぎとは桁違いである。

洗濯物を干し終わり、後足で立って、ふぅと息をつく背中を見つめながら私は声をかける。

「うさぎ技じゃないわね」

「ミラ嬢。ふっ。すごいだろう。うさぎの体の使い方がだんだんわかって来た。ここに来るまではもう必死でそんなことに構っていられなかったが、今ならば分かる。私はもっとうさぎの高みを目指せる！」

「……そう……」

「あぁ」

キラキラとした瞳でそうレイス様は言うと、ふぅと汗をぬぐい、それからぴょんぴょこと今度は調理場の方へと向かう。

気がつけばタオルに紐《ひも》を縫い付けてエプロンを作り、それを腰に巻いている。

家では好きに過ごしていいし好きなものを使ってもいいとは言ったけれど、予想を超えてくるレイス様である。

調理場をのぞくと、いつの間にかうさぎでも使える階段式の段差を作っており、それを器用に上るとそこもまた掃除をしていた。

働き者すぎて、私は本当に王子様なのだろうかと疑念を抱く。

「あの……王子なのよね？」

「ん？　あぁ。王子だ。あーただ、私は第三王子で、第一王子が次期国王、第二王子が王国を守る騎士団を治め、第三王子の私は王国の外交の役割を現在になっていてな……存外いろんなことをする機会が多くて。なので雑用は得意だ！」

どうしてだろうか。

自分の想像とは違う外交の世界がありそうだぞと思いながら、私は窓の外を見つめながら呟《つぶや》く。

「私の、知らない世界がまだまだあるのねぇ……」

「いろんな世界があるぞ。たとえば、そうだな……上半身裸になって全力で歌う部族とか」

「まって。貴方《あなた》、外交なのよね？　冒険者じゃないわよね？」

「たまにふらりと冒険に出たこともある」

「待って、王子よね？」

「あぁ！」

大きくしっかりとそう言われ、私はアレクリード王国の王子とは結構大変なのだなと思いながらも、自分は自国だけの考え方に囚《とら》われてきたのだなとそう思った。

世界は広い。

それなのに、私は狭い世界の常識しか知らず、知った気になっていたのかもしれない。

小さく息をつき、私はエプロンを取るとレイス様に言った。

「下準備は終わったから、今度は森に自生している薬草の採取に行こうと思っているの。森の奥の方までいくから、一日か……数日間は森の中で野宿する可能性があるわ」

「野宿？　いや……その、野宿しなければ、難しい場所なのか？」

「えぇ。自生しているのは見たことがあるから、場所は把握しているわ。時期によって自生する場所も変わるし、どうしても難しい薬草が多くて、時間がかかるのよ。さて、準備をして出発するわよ」

「いや、待ってくれ。だが女性を野宿させるというのは」

その言葉に私は笑い声をあげる。

「野宿くらいしたことあるわ。雨に打たれながら地面に転がったことだって、ゴミにまみれたことだってある。別段野宿くらいは平気よ」

ここにたどり着くまで、確かに奇跡的に人攫《ひとさら》いや暴漢に会うことはなかった。だからと言って、全てが幸運だったわけではない。

そう告げると、レイス様が驚いた様子で固まる。

「え？　どうしたの？」

「……なんでもない」

「そう。なら行きましょう」

私は支度を整えると、リュックを背負い、ブーツを履きローブを纏《まと》う。

必要なものは最低限だけ持ち森の中を私達《たち》は歩き始めた。

私はこの前町で買った魔法具を取り出すと、それを首から下げた。

「それは？」

「獣よけの魔法具よ。これがあれば殺気出さなくても大丈夫。一週間は使えるから、今回の採取にはもってこいだわ。ただ、今回はいいけれど、薬が足りなかったら次回は大変ね」

「苦労かけてすまない……」

「いいのよ。今回は安全だし」

「……獣に襲われる心配がないのはいいな」

「えぇ」

「まぁいざとなったら私が助ける。大丈夫だ」

「ふふふ。うさぎの王子様に守ってもらえるなんて素敵ね」

想像してみると可愛《かわい》らしくて、私は笑いながらレイス様を抱き上げるとそのふわふわの体を優しく撫《な》でた。

「ありがとう」

「ううぅ。私はれっきとした大人なのだぞ」

「ふふふ。わかっているわよ」

あまり抱っこは好きではないらしいので、ちょっとしたら私は下ろしてあげた。

するとぷうぷうという可愛らしい鳴き声をあげていて、ぴょんぴょことまた歩き始めたので、私もその横を歩く。

「今日は獣よけをつけているから、おしゃべりしながら行きましょ」

「あぁ、なるほど。そうか。この前は私は殺気を放っていたし、ミラ嬢は荷物を持っていたからぜぇぜぇ言っていたもんな」

「ぜぇぜぇって……重かったから仕方ないでしょう」

そう言うと、レイス様は申し訳なさそうにうなずく。

「本当にそれは、申し訳なかった。ミラ嬢の細い腕や足が……プルプルしていて人間であったならば……」

「あーら、あれ、結構重かったのよ？　貴方が人間の姿だったところで、プルプルしたんじゃないかしら？」

そう告げると、レイス様は微妙な表情を浮かべる。

「あの、ミラ嬢」

「なに？」

一体なんだろうかと思っていると、レイス様は申し訳なさそうに言った。

「すまない……私、そんなか弱くないんだ」

「は？」

レイス様は耳を垂れ下げて、しょんぼりとした様子で呟く。

「私……図体《ずうたい》がデカいし、筋肉もある……か弱くなくて、申し訳ない」

「え？」

「可愛い男や美しい男ではないのだ……すまん」

一体レイス様は私を何だと思っているのだろうか。

そもそも私は人間の姿のレイス様には興味がない。

そう……興味がないはずだ。

だから、私はハッキリと告げた。

「どんな姿でも別に問題ないわ」

そう告げた途端、レイス様は嬉《うれ》しそうにぱあぁっと表情を明るくすると、さっきよりも軽やかにぴょんぴょこと跳ねる。

「そうか！　そうか！　よかった。よかった！」

嬉しそうにする姿に、どうして？　と首を傾《かし》げてしばらくしてから、私はハッとする。

今の言い方で、良かったのだろうか。

だけれども喜ぶレイス様に今更、先ほどの言葉を言い直すことも出来ず、私は何とも言えない気持ちのまま、レイス様の横を歩いたのであった。


森は、奥へ行けば行くほどに静かになる。

聞こえてくるのは風の音と、鳥の鳴き声、動物の息づく気配。そのくらいだ。

「あそこの岩の上に自生している草が必要だから取ってくるわ。うさぎの体では歩きにくい場所でしょうから、ここで待っていてちょうだい」

「いや、私も最近ではどこでも行けるぞ」

「……上、苔《こけ》がたくさん生えていて、滑りやすいのよ。ちょっと待っててちょうだい」

「……ミラ嬢がそう言うのであれば」

私はゆっくりと岩へと登り、必要な薬草を採取していく。

岩の上は人間であれば、さほど高くないけれど、うさぎの小さな体で落ちたらもしかしたら怪我《けが》をするかもしれない。

うさぎがどれくらいの身体能力なのか、それが私には未知数なので、出来るだけ怪我をさせないようにしたい。

採取を終えて私は滑り降りるようにして岩から下りる。

こういうことをするようになってから、令嬢の時よりも足腰が鍛えられた気がする。

「ここは採取し終えたわ。次は、向こう側へと移動するわ。日が暮れる前に今日休む場所へと向かって歩くわよ」

「目的地があるのか？」

レイス様が驚いたようにそう言い、私は当たり前だろうというようにうなずいてみせる。

「この森は私にとっては薬の採取場よ。採取するために森を探索することもあるから、いくつか拠点となる休憩場所は決めているの」

「なるほど」

今向かっている休憩地点は、今日一番の楽しみの場所である。

ここに来るというのは、町に買い出しに行く前に決めており、私の荷物にはこの日の為《ため》に奮発して購入した石鹸《せっけん》が入っている。

「楽しみだわ」

「楽しみ？」

「えぇ。レイス様も、気に入ると思うわ」

「気に入る？」

首を傾げるレイス様だけれど、それを知ればきっと喜ぶだろう。

そう思いながら私は足早に向かい、そしてしばらく歩けば硫黄の匂いが漂ってきた。

スンスンとレイス様は鼻を鳴らす。

「これは……ガスか？」

「えぇ。ふふふ。この奥に温泉があるの。しかもその横に丁度いい洞窟があって、そこが今日の休憩地点よ」

「温泉？　ちょっと待て、まさか」

「さぁ！　行きましょう！　ふふふ。入るの楽しみだわ」

足早に私が向かうと、レイス様が足を止めて声を上げた。

「ちょ、ちょっと待て！　うら若き乙女が、こ、こんな森で温泉だと!?　怪しい者が現れたらどうするのだ！」

「こんな森の奥に？」

「ぜ、絶対に来ないとは言えないだろう？」

「そうねぇ。でもまぁ、可能性は低いわ」

そう言って私はまずは周囲を確認していきながら、洞窟の中も確認をする。

誰も入った形跡もなく、また以前置いていた荷物もそのままそこに置いてある。

私は置いておいた荷物の中から布を取り出すとそれを洞窟の入り口に掛け、簡易のカーテンを作る。

それから背負ってきたカバンの中から敷物を出すとその上に荷物を載せていく。

久しぶりの温泉に浮かれ、鼻歌交じりに私は意気揚々としていたのだけれど、レイス様はとても居心地が悪そうに、行ったり来たりを繰り返している。

「気持ちいいのよ？」

「いや、いやいやいや。そういう問題ではない」

王子様だから、こういうふうに外で温泉に入るなどありえないのだろうなと思いながら私は呟いた。

「この温泉、最高よ。生きていて良かったって思える。じゃあ、私は入るから」

そう言って私は洋服を脱ぐと、別に持ってきた透けない色のついたワンピースへの着替えを済ませてレイス様を抱き上げた。

「ちょっと待て……それは？」

「え？　温泉に入る時に着るワンピースよ。さすがに、獣とかの心配もあるから、すぐに逃げられるように、ワンピースを着て入るの。まぁ今回は魔法具があるから獣の心配はしなくてもいいのだけれど」

口をパクパクと開け閉めしたあと、小さくレイス様が息をつく。

それがどこか不満げな様子で、私は首を傾げた。

「裸の方が良かったかしら？」

「違う！　そういうことではなく……その、服を着たまま入るとは思わなかったから、先に教えてくれれば心配することも、なかったのにと……」

もごもごと呟くレイス様。

「貴方って、よく心配するわよね」

「？　そりゃあ、心配するだろう」

「他人なのに、あぁ、私が薬を作るから？」

「なにを？　いや、それがなかったとしても普通心配するだろう」

「普通に？……わかんないわ」

普通に心配をするという言葉の意味が、私には分からない。利益もなく、他人のことをどうして心配する必要があるのか。

この前の当たり前というレイス様の言葉の、気持ちの落としどころもまだ見つけていないというのに。

「ミラ嬢だって、私のことを、心配してくれるではないか」

「え？」

「思いやってくれただろう。私は……ミラ嬢を見て、天使とはこういう人をいうのだろうと思った。たった一人、人間に追われ獣に襲われ、寝る場所も見つけられず、走って走って……そして噂《うわさ》に縋《すが》るようにミラ嬢の下へ向かった。君は……そんな私を救ってくれたんだ。突き放すこともせず、話を聞き、そして、力を貸してくれる」

その言葉に、私は小さな罪悪感を抱く。

私はそんな高尚な存在ではないから。

静かに私は首を横に振り、それから話題を逸《そ》らすように温泉へと視線を向けて言った。

「温泉入りましょう。石鹸持ってきたから、綺麗《きれい》に洗い流したいの」

多分、私が話題を逸らしたいのに気付きながら、それにレイス様は合わせてくれる。

「……そうか。って、言っておくが、私は一緒には入らんぞ！　見張っておく！　こら、放せ！」

そんなレイス様の優しさに、私はすっとその体を抱き上げるとぎゅっと抱きしめて耳元で囁《ささや》く。

「ふふふ。洗ったらきっとふわっふわになるわよ」

ふわふわのレイス様、想像しただけで最高だなと思った。

「やめろ！　私は、私は図体のデカい男だぞ！　気持ちが悪いだろう！」

「悪くないわ！　ふふふ！」

「わ、悪くないだと!?　い、いや、その、筋肉があってもいいのか!?」

「いいわよ！　今はないから大丈夫」

「そうか……よかった。その、ちなみにミラ嬢は、どんな男が好みだろうか？」

「は？」

思っても見ない方向へと話題がずれたことで、私は驚いてしまい、そっとレイス様を放すと言った。

「さぁ、お風呂お風呂。混浴したいならご自由にどうぞ」

「うぅぅ。せんぞ。私はそんな男ではない！」

「でも確かに、うさぎって温泉に入っていいかわからないものね」

「そう言えば、そうだな……」

レイス様自身も良く分かっていないようだけれど、でも生き物によっては濡《ぬ》らしてはいけなかったりもする。

無理にお風呂には入れないほうがいいだろう。

私は、洞窟の横にある岩場を登っていく。硫黄の匂いが鼻をかすめていく。

湯気が立ち上るそこは、階段状に上から温泉が流れており、丁度湯舟のような形にお湯が溜《た》まっているのである。

私は下段の方の温度を手で確かめてから、ゆっくりと足をお湯に浸した。

温度は大丈夫そうだけれど、温泉というだけあって熱い。

ゆっくりと体をつけていき、肩までつかるとふぅと息をついた。

「はぁぁ。気持ちいい」

湯気が立ち上る中を、月明かりが照らす。

「私はここで見張りをしているからな」

岩の上の方で、こちらに背を向けているレイス様。

私はからかうように言った。

「気持ちいいわよ～。貴方も一緒に入りましょうよ～」

するとレイス様が驚いたようにこちらを見て言った。

「う、うら若き乙女がそのようなことを言うものではない！　っは！　すまん！」

ワンピースを着ているというのに、レイス様は顔を真っ赤にして視線を背ける。

なんとも無害な人だなと、私はそう思いながらくすくすと笑い声を立てた。

それから、先ほどのレイス様の言葉を思い出す。

どんな男が好みか……か。

「貴方みたいに……優しい人……かしら」

小さく呟いて、私はハッとすると、ごまかすように温泉で顔をばしゃばしゃと音を立てて洗った。

聞こえなかっただろうかと思っていたら、レイス様が少し大きめの声で尋ねてきた。

「何か言ったか？　水音で聞こえづらくて」

「いいえ！　何も！　何も言っていないわ！」

「そうか。何かあったらすぐに教えてくれ」

「ありがとう。分かったわ」

そう言葉を返しながら、聞こえていなくて良かったと、お湯の中に顔を沈めながら思ったのであった。

温泉に入り終わった後、私は焚火《たきび》を起こし、お湯を沸かし、温かな飲み物と一緒に持ってきたパンを食べた。

レイス様は近くに生えていた新鮮な草をもさもさと食べ終えると帰ってきて私の横にちょこんと座る。

夜の森の中は、薄暗いとかそういうものではない。黒いのだ。

月明かりが差し込む温泉は良かったが、森の中を覗《のぞ》けば、暗闇の中に何かがいるような気がしてくる。

だからこそ私は出来る限り夜の森は見ないようにしている。

一度恐怖に飲み込まれれば、夜眠れなくなりそうで、私は隣にいるレイス様に尋ねた。

「少しだけ、だっこしてもいい？」

それにレイス様はこちらを見上げてうなずいた。

「少しなら」

「ふふふ。ありがとう」

私はふわふわのレイス様を抱き上げると、心の中が落ち着く。

温かで、膝の上で優しくその体を撫でるだけで癒されるし不安が和らぐ。

「素敵な毛並み」

「そうか？」

「えぇ。私、ずっとこんな風に可愛らしいうさぎさん撫でてみたかったのよ」

「うさぎくらい、捕まえていつでも撫でられるだろう？」

「あら、うさぎってすばしっこいのよ？　それに、昔は私には自由なんてなかったから」

ぽつりとそうこぼした私は、ふと昔のことを思い出しながら呟いた。

「レイス様は王子様大変じゃないの？　私は本当に大変だったわ。もう、朝から晩までやることが多いし、自分の時間なんてないし……今が本当に幸せ」

レイス様は顔をこちらに向けると言った。

「ミラ嬢は、そんなに大変だったのか？」

「そうねぇ。眠る時間があまりない程度には大変だったわ」

「……そうか。それは大変だったな」

ふわふわの毛並みを撫でながら、私達はパチパチと音を立てている焚火を見つめていた。

することもなく、まだ眠る時間にしては早く、だからだろう。

私はその揺れる炎を見つめながら口を開いた。

「……今でも、すごく不思議なの」

「何がだ？」

「ある日突然、自分の生きてきた世界が崩れ去ったのが」

あの日のことを、今も夢に見るのだ。

悪夢の中、私は一人ぼっちで皆に見捨てられる。

「……何か、あったのか……聞いてもいいのだろうか」

「ふふ。そうねぇ。聞いてくれるの？　楽しい話じゃないわよ」

「ミラ嬢がいいなら、教えてくれ」

そう言われ、私は焚火に落ちていた枝をくべながら口を開いた。

「じゃあ、時間もあるし、暇つぶし程度に聞いてちょうだい。もう二年も前のことよ。私はルーダ王国の公爵令嬢で第一王子の婚約者だったの」

「なっ!?　ちょっと待ってくれ……そんな。いや、貴族のご令嬢だろうとは思っていたが、まさか……ルーダ王国の博雅姫とはミラ嬢のことだったのか……」

「博雅姫？」

「知らないのか？　諸外国にもその名は轟《とどろ》いている。幅広い知識だけでなく医学にまで精通している上、献身的に王子を支えているという……ちょっと待て、私が知る限りでは病で突然逝去したと……」

「逝去？　私……病で逝去したことになっているの？」

「あぁ。なんていうことだ。ここに君は生きているというのに！　一体、一体何があったのだ。私が力になろう。教えてくれないか」

しばらくの間、私は逝去という言葉が引っかかって考え込むと、レイス様の声にハッとして答えた。

「えっと……一つ確認してもいい？　逝去ってことは、罪人扱いされていないということよね？」

「されていない。ルーダ王国の民は、国民の為に薬学の立場でも貢献した君の死を悼み、民は自主的に追悼式を行ったというくらいだぞ」

「え？　そんな、まさか」

一体どういうことなのか。私は頭の中が混乱して、眉間にしわを寄せた。

焼かれた顔が痛み、私は思わず手で覆いうつむくと、レイス様が心配そうに私のことを見つめた。

「君のおかげでルーダ王国内では、薬草に関する知識が深まり、平民でも薬草を使った薬が安価で手に入るようになったと聞く。私は素晴らしき女性が王子妃となるのだなと、噂を聞き思っていたのだ……だから、実際に会えるのを楽しみにしていた。しかし、君は逝去したという情報が入り、王子の婚約者には新たに聖女が迎えられていたんだ」

「そう……」

「婚約者の名前はオリビア嬢……三十年ぶりに現れた奇跡の聖女であり、王子の病を一瞬で治したと聞く」

「オリビア……」

やはり、婚約者の座にオリビアがついたのかと思っていると、レイス様が言った。

「だが……我が国は王子を救ったのはオリビア嬢ではないのではという見解で、二年前の一件は話がついている」

「え？」

突然のレイス様の言葉に私は首を傾げる。

「我が国でも秘密裏にミラ嬢の作っていたという薬を入手しており、解析が進められていけばいくほどにその薬は王子の病に適切なものであったということが分かってきたのだ。故に、聖女の力ではなく服用していたミラ嬢の薬が効いたのではないかという話で落ち着いた」

隣国のアレクリード王国でそのような話になっているなど知りもしなかった。

「いいえ、でも、実際にオリビアの力によって、一瞬で王子が」

「王子に、異変を感じなかったか？」

「え？」

「ミラ嬢。辛《つら》いことを話させることは……申し訳ないのだが、一度ミラ嬢の経験したことを、話を聞かせてほしい。それから我々の見解についても話を聞いてほしいのだ」

一体どういうことなのだろうか。

私は、そう思いながらも出来るだけ客観的に分かりやすく、レイス様に伝えていった。

幼い頃から妃教育《きさききょういく》を受けさせられて頑張ったことや、王子はどんな性格だったのか、オリビアの様子、そして王子の容態が急変したことと、それを救ったオリビアのこと。

一瞬で変わった、私の周囲のこと……。

すると、次第にレイス様が体をぐっと丸めて怒りを堪《こら》えるような姿勢になり、私は大丈夫だろうかと思っていると、レイス様は地面へと飛び降りて、地面を足で、タンタンッと力強く打つ。

「すまない。我慢が……苛《いら》立《だ》ちが、我慢できない。すまない」

そう言うと、しばらくの間レイス様は地面をけり続けたのであった。

レイス様曰《いわ》く、うさぎの本能だからなのか止められないと呟いていた。

「すまない……だが、だが、苛立ちが。幼い頃の君を、どうして……誰も支えてやらなかったのだ。そして、どうして婚約者として頑張ってきた君が、追放などという非道なことをされなければならないのだ！」

そんなレイス様を見て、ここまで関わってしまった以上話をするべきだろうと、とある一人の男性についてレイス様に告げる決意をした。

「黙っていたことがあるの……私の妹、オリビアには元々別に婚約者がいたわ」

「ん？　ちょっと待て、そんな、だってオリビア嬢は王子の婚約者になっていたぞ」

「そのようね。でも、私が知っている時点では、王子の側近である公爵家の次男のヴィクターという方が婚約者だった」

その名前に、レイス様が驚いた表情で顔をあげる。

「ヴィクターというと……ヴィクター・ロベルト殿か？　彼は……たしか」

「はい。……ロベルト公爵家は呪いや呪術に詳しい家系で、ヴィクター様は……獣化の呪いを研究していました」

「なんだと……そういう怪しい家系だとは情報が入っていたが……獣化の呪い……まさか」

「……最初に話をしなくてごめんなさい。もしかすると、貴方の獣化の呪いは、ヴィクター様の仕業かもしれない」

その言葉に、レイス様は黙り、考え込むようにうつむいた。

それからレイス様は顔を上げて呼吸を整えると言った。

「獣化の呪いについては、一度置いておく。それよりも、話を聞いた上で、アレクリード王国の見解を聞いてほしいのだ」

「えぇ」

「我がアレクリード王国では、オリビア嬢は聖女ではなく、何らかの魔力を有した能力者なのではないかという意見が出ている」

「聖女では、ない……」

私は少し考えてから尋ね返した。

「能力者というのは、理解できるわ。ルーダ王国に三十年前現れた聖女も、能力者の一人だとそう認識しているから。でも、オリビアを聖女ではないと、言い切れるかしら……」

レイス様は私の言葉に答えた。

「アレクリード王国内で少数ではあるが、様々な能力者が確認されている。魔力を有した能力者には様々な人物がいる。炎を生み出す者、戦う能力に優れた者、そして目には見えないが……人の心を操る者。ルーダ王国では聖女とされたようだが、私はそうではなく、操作系の、能力者なのではないかとそう考える」

「操作系……」

その言葉に、私は胸が痛くなり押さえる。

「で、でも確かに神殿に神託は下りたと……」

「あぁ。たしかに。だが……本当にその聖女が、オリビア嬢なのだろうか」

じっとレイス様が私のことを見つめてくる。

私は、オリビアが聖女ではないかもしれないという事実に動揺していた。

「まぁ、現段階では見解でしかなく、真実は分からないがな」

話はそのように締めくくられた。

寝る準備を進め、私はしばらくの間、横になりながらオリビアのことについて考えた。

あの日以来、細かく思い出すことは止《や》めていた。だけれど、瞼《まぶた》を閉じればいつでもあの時の鮮明な状況を呼び起こすことができる。

オリビアはなんと言っていた？

周囲の様子はどうだった？

思い出せば思い出すほどに、小さな違和感が浮かび上がる。

結局のところオリビアが聖女であろうがなかろうが、今の私には関係のないことなのだ。

「聖女……ね」

そう呟き、私は考えることをやめた。


夜が明ける前に支度を済ませて、ミラ嬢の後に続いて薄暗い森の中を歩いていく。

太陽が昇ってからでは駄目なのかと尋ねると、朝露の輝く時間に採取するのが一番鮮度がいいのだという。

採取物は時間によって効能が変わるというのだから驚きだ。

森の中を迷いなく進んでいくミラ嬢。

はっきり言って、自分は今森のどの位置にいるのかすら分からない。

だけれどミラ嬢は迷うことなく進んでいく。

頭の中に地図が入っており、明確に自分の位置を把握しているのだ。

それがどれほどに希有《けう》な能力なのか本人はきづいていないようだが、その記憶力と方向感覚に脱帽する。

また、この森でミラ嬢に会えたのは奇跡だなとも思った。

あの時、彼女と出会わなければ、自分は森の中でどうなっていたかは分からない。

命の恩人と言っても過言ではないミラ嬢。

昨日の話を思い出すと、怒りが沸々と湧き上がってくる。

令嬢として生まれた日常のほとんどを縛り付けておきながら、罪をきせ、顔を焼いて追放するなど人間の所業ではない。

しかもそれが公になっていないということは、その罪を公開できるほどの証拠もなかったのだろう。

それはおそらくミラ嬢も気づいている。だから、口ごもったのだ。

国民からも愛され慕われていた次期王子妃。そんな彼女の追放など国民が望んでいるわけはなく、それを知らしめた時、国民が揺らぐ。

それも考慮した上で、逝去と伝えられたのだろう。

それ程に彼女は国民からの信頼を得ていた素晴らしい女性だったのだ。

ルーダ王国では彼女の妹であるオリビア嬢が聖女となっているが、おそらく違う。

真の聖女は、もしかしたら。

じっとミラ嬢を見つめながら、静かにため息をついた。

「あったわ。ちょっと採取するわね」

「あ、あぁ」

森の中に、緩やかな小さな小山がある。朝霧の立ち込めるそこへと、太陽の光が差し込むと、苔の生えた地面が黄金色に輝く。

その黄金に輝く苔の上に、ひょっこりと金色の花が咲き始め、それを丁寧にミラ嬢は採取していく。そして一つ一つ保存袋の中へと入れて、嬉しそうに微笑《ほほえ》む。

「すごくいいわ。よかった。タイミングもばっちりよ」

声が少し弾んでいて、可愛らしい。こうして見ていると、普通の女性だ。

それなのに、近づこうとするとすぐに線を引かれる。

もどかしいけれど、その線はミラ嬢にとって大事な線。無下に飛び越えていいものではない。

「ほら、見て」

明るい笑顔を向けられ、今はこの無邪気な笑顔で十分だとそう思う。

その後も、いくつかの場所を転々と回り、採取が終わると、ミラ嬢は別の採取場へと歩き、そして手際よく採取を終えていく。

「よし、これで全部だわ。帰りましょうか」

「あぁ」

二人で薄暗い森の中を歩きながら、私はミラ嬢に尋ねた。

「……もし、私に獣化の呪いをかけたのがヴィクター殿だとして、何の為だろうか。アレクリード王国は大国だ。私がいなくなったとなればルーダ王国を不審に思い、下手をすれば戦争にだって発展するだろう。それくらいは容易に想像できるが」

ミラ嬢は少し考えこむように上を見上げると、小さな声で尋ねた。

「そうね……貴方が行方不明になったことは問題にはなるでしょう。だけれど、それ以上に、貴方を獣化させなければいけない、何かがあった……のかしら……」

「おいおい。それは一体なんだよ」

「何かしらね？……でも……私が知るヴィクター様は、頭の悪い人ではない。いつも分厚い丸眼鏡をかけていて……そう……ずっと何か引っかかっていたのよね。でもそれが分からないのよ」

考えてみるものの、答えが浮かび上がってこない。

「なるほど。……まぁ、後は獣化の呪いを解いてからだな」

「そうね。家に帰ったらさっそく薬を作り始めるわ」

「ありがたい」

そう答え、私はミラ嬢のことを見つめながらふとオリビア嬢とヴィクター殿のことを思い出す。

オリビア嬢と実際に会ったのは王子との婚約の祝いの席でだけである。

その時どんな様子だったのだろうかと頭の中で思い出そうとする。

ただ、婚約式自体にはたくさんの来賓がいたからこそ、簡単な挨拶しか出来ていない。しかも、オリビア嬢はベールを顔にかけており、その表情すらよくわからなかった。

公式の席なのに、表情を隠す理由はなんだろうかと後々に調査したところ、どうやら何者かがベールで表情を隠すことで聖女の高貴さを演出できるということを囁いたらしい。

一体誰が？

何の目的のために？

あの時には分からなかったが、あれは何かの理由があったのだと今ならばそう思う。

そしてヴィクター殿に呪われた原因。一体なんだろうかと考えてみても心当たりがない。

大きくため息をつくと、横を歩くミラ嬢を見上げる。

焼かれた顔半分は、未《いま》だに痛むことがあるらしく、たまに顔を歪《ゆが》めて押さえている時がある。

アレクリード王国の王宮魔法使いならばきっと治療が可能だろう。獣化の呪いが解けた暁には国に連れて帰り治療をさせてもらおうと思っている。

ただ、アレクリード王国はルーダ王国と並ぶ大国であり土地が広大である。

ルーダ王国を出ることは出来たが、アレクリード王国の王城まではかなりの距離がある。とにかく早く人間の姿にと思っていると、ふとミラ嬢と目が合った。

「どうしたの？　ずっとこっちをちらちら見てくるけれど」

「いや……その、獣化の呪いが解けたあとのことを考えていた」

「そう……」

その言葉に、ミラ嬢は視線を逸らす。

はっきり言って、ミラ嬢は本人が思っている以上に感情が表情によく出る。きっと一人で暮らすようになって隠す必要もなくなったからこそなのだろう。

一緒に過ごすようになればなるほどに、仕草のその一つ一つに目が向く。

心根の優しい女性だ。そして、少し不器用で、可愛らしい人。

女性に対してこんなにも心が動かされるのは初めてで、優しくしてもらえて嬉しくて、それを返そうとすれば驚かれる。

彼女は、どれだけ大切にされてこなかったのだろうかと、苦しくなった。

素晴らしい人なのに、きっとこれまで彼女は、それを認められもせず、感謝されもせずにいたのだろう。

私ならばそんな思いはさせない。

一緒に過ごせば過ごすほどに、その思いが強くなっていく。

「ミラ嬢……人間に……もし戻っても……嫌わないでほしい」

人を信じられないのだろう。だから一線を引き、きっと人を遠ざけている。

だから人間の姿に戻るのが最近怖い。

ミラ嬢に嫌われたらどうしようかと、それが怖いと思う自分がいるのだ。

するとミラ嬢は驚いたような顔をこちらへと向ける。

「何よ……人間になっても……貴方は、貴方でしょう？」

心の中が晴れ渡っていくような心地がした。

足取りが軽やかになる。

「そうか！　そうか！」

ぴょんぴょんと跳んで歩けば、ミラ嬢は眉間にしわを寄せる。

「可愛いけれど……なんだか腹立たしいわ」

「何故《なぜ》!?」

「さぁ？」

くすくすとミラ嬢が笑ってくれるのが、嬉しく、そして可愛らしいなと思ったことは彼女は知らないと思う。

第四章　うさぎの王子様の姿

無事に家に帰りつき、私はすぐに準備を始めると新鮮なうちに薬草などの下処理を行っていく。

昔王城の医務室では魔法石を使って下処理をすることが多かったけれど、私は薬草などの状態によっては魔法石が適さないと考えており、全てを手作業で終えていく。

「ミラ嬢、その……疲れているのに、すまない」

「いいのよ。これは鮮度がいいうちにしないといけないから。ここまで終われば寝るわ。先に寝ていていいわよ」

「いやいや、ミラ嬢が頑張ってくれているのに、眠りはしないさ。この体にも慣れて最近お茶も淹《い》れられるようになってきた。今準備してくる」

「有能なうさぎね」

くすくすと私は笑いながら、根についていた泥を洗い流して、葉が出来るだけ傷つかないように優しく汚れを落としていった。

それからそれを一つ一つタオルに包んで水分をふき取り、今度は綺麗《きれい》な水を入れた瓶に根の所だけを浸しておく。

それをしていると、紅茶の香りがしてきた。そればかりか、美味《おい》しそうな香りまで漂ってきている。

「よし、終わり」

そう言って振り返ると、机の上に紅茶と、チーズを載せて焼いたパンが用意されていた。

「有能なうさぎだろう？」

そうふふんと笑いながらレイス様が言うものだから、私もつられて笑う。

「本当に。ありがとう」

「ちなみに自分の分の果物と野菜も準備した。ので、一緒にいただきます」

「えぇ。いただきます……早くて明後日《あさって》には、人間のご飯が食べれるわよ」

「今は食べたいという気持ちがないが、だが、恐らく人間に戻ったら真っ先に私は森に狩りに行くと思う」

「狩り……え、王子様でしょう？」

「……だから、その、ミラ嬢の思う王子の容姿と違ったらすまない……それと、その、ずっと言えなかったんだが、ここに来て一度だけ、赤い満月の夜に……人間に戻ったことがある」

突然のその言葉に、私は驚きながらもなるほどとうなずいた。

「赤い満月には不思議な魔力があるというわ。だからもしかしたら獣化の呪いが一瞬和らぎ人間に戻ったのかもしれないわね。それ以降はないのよね？」

「あぁ」

それにしてもなんで言わなかったのだろうかと思いながら、レイス様を見て、あぁなるほどと思った。

私が人間嫌いなのが伝わったのだろう。だから、人間の姿を見られて追い出されるかもと心配したのかもしれないなと結論付ける。

ただ……レイス様なら、大丈夫だと思う。

そう確信めいた思いがあった。

「教えてくれてありがとう。薬の調合も、月の満ち欠けに合わせて作るわ。ちょっと待って……一つだけ確認してもいい？」

「なんだ？」

人間に戻るということは、人の体になるということ。

現在、うさぎそのまんまのレイス様を見つめて少し悩む。

「あの、黙っていないで、なんだ？」

その言葉に、私はおずおずと、聞きにくいけれど尋ねた。

「人間に戻ったら……全裸？」

一瞬、沈黙が訪れるが、すぐにレイス様が大きな声をあげた。

「違うぞ！　いや、その、不思議だが、ちゃんと洋服は着ていた！　今は着ていないように見えるが、戻ったら、着ているはずだ！」

その言葉に私はほっと胸を撫《な》で下ろす。

さすがに全裸の男性と二人きりは怖すぎるだろう。

私達《たち》は片付けを済ませると、着替え、一緒に布団へと入った。

一瞬全裸という言葉が脳裏をよぎっていったけれど、もふもふがもうすぐ終わりかもしれないと思うと寂しくなってしまい、私がレイス様にお願いをしたのである。

温かなもふもふを抱きしめながら眠るというのは、なんとも心地の良いものなのだなと思い瞼《まぶた》を閉じると、レイス様の小さな呟《つぶや》きが聞こえた。

「……っく……同衾《どうきん》……だめだろ……だが、だが……うぅぅ」

もう何度目かというくらいなのに、可愛《かわい》らしい人だなと心の中で思う。

今まで出会ってきた誰よりも可愛らしく、そして私のことを気遣ってくれる人。

こんな人に出会ったのは初めてで、心の中がくすぐったくなる。

「ふふふ。同衾しちゃったわね」

意地悪な心が働いて、そう呟くと、レイス様が固まったのが分かった。

そんなレイス様をぎゅっと抱きしめて、私は呟く。

「可愛い」

「うぅぅ……」

レイス様の唸《うな》り声《ごえ》が聞こえたけれど、私は聞こえないふりをして夢の中へと落ちて行ったのであった。

それから二日後、呪いの解呪薬の試作品が完成した。

小瓶に入れたその解呪薬は青色の液体となっており、見た目はとても澄んだ色をしていて美しい。

ただ、味はと尋ねられれば良薬口に苦しとしか言えない。

「準備はいいかしら？」

レイス様は私のことを赤いつぶらな瞳で見つめると言った。

「ミラ嬢。本当に、人間になっても、嫌がらないか？」

うるうるとした瞳を見つめ返しながら、私はすっと視線を逸《そ》らした。

「……多分」

小さな声でそう呟くと、レイス様が静かにうつむく。

「……うぅ」

「多分大丈夫よ！　あのねぇ……そんなこと言わなくても、ちゃんと完全に元の姿に戻るまで……力は貸すわ」

「本当に？」

小首を傾《かし》げて尋ねられる。

可愛い見た目を最大限に生かしたその尋ね方であり、レイス様は私の扱いが上達してきたように思う。

「えぇ」

私がうなずくのを見てレイス様はほっとした様子である。

「言質はとったぞ」

「もちろん」

私は飲みやすいようにと薬を皿に流し込みそれをレイス様の前へと差し出す。

ちびちびと可愛らしく飲み始めたのだが、さすがに美味しくないのだろう。

「うぅ……苦い……ううう」

という声がたまに零《こぼ》れ落ちる。

私はそれを眺めていたのだけれど、全部を飲み終わったレイス様は急いで元々用意してあったお水を飲みに行き、そして私の手編みのひざ掛けにごろりと横になった。

「ううぅぅ。動けなそうだ」

「たぶん、一時間以内に変化が起こるはずよ」

「あぁ……」

「私は庭に行ってくるから、体に変化があったら教えてね」

「わかった」

人間の姿に戻ったら、きっと食事をしっかりと摂《と》りたいだろう。

パンは朝焼いてあるし、チーズもある。後はスープでも作るかと思い、庭に生えている野菜を収穫していると、部屋の中から大きな物音が聞こえる。

いよいよ人間に戻ったのだろうかと思い、立ち上がるとしばらくの間、私は深呼吸を繰り返した。

心臓が煩《うるさ》いくらいにバクバクと鳴り始める。

久しぶりに人間と一緒にすごさなくてはならない。

レイス様ならば大丈夫だという気持ちと、本当に大丈夫なのだろうかという気持ちとが行ったり来たりする。

その時、扉がゆっくりと開く音がして、私は勇気を振り絞って振り返った。

「み……ミラ嬢。ありがとう……戻れたのだが、あの、大丈夫か？」

扉の陰に体を半分隠して、こちらの様子を窺《うかが》ってくるレイス様は想像とは確かに違う。

私が最初に想像していたのは、細身の男性であった。

王子であるから別段そこまで鍛える必要もないだろう、そんな考えもあった。

だけれど、そこに立つレイス様の体はしっかりと鍛え上げられた男性の体であった。

無駄な脂肪などなく、すらりとした肢体、ただ、真っ白な髪と、うさぎの時と変わらない赤い瞳を見ればそれがレイス様だと分かる。

「たしかに、想像より大きいわね。あの、近寄ってもいいかしら？」

「あぁ」

身長が高く、近くに歩み寄ってみると見上げる形となった。

不思議な感覚であった。

人間の姿は初めて見るというのに、うさぎの姿で一緒にいたからなのか違和感が全くない。

「不思議。レイス様だわ」

「え?」

「うさぎ姿でも人の姿でも、レイス様だって分かるわ」

「名前……」

「え?」

「名前、初めて呼んでくれたな」

そう言われ、私はたしかに思い返してみれば呼んだことがなかったなと思っていると、嬉《うれ》しそうにレイス様がへにゃりと笑う。

「嬉しい」

「……不思議だわ。目がおかしいのかしら」

可愛く見える。

いや、身長も高く筋肉のしっかりとついた男性である。可愛い要素なんてないはずなのに、可愛く見える。

うさぎマジックだろうか。

「だが、これで、ミラ嬢の手伝いがたくさんできる！　その前に、ミラ嬢……ちょっと森で狩りをしてきてもいいだろうか」

「あぁ、前に言っていたものね」

「肉が食いたい。不思議なものだ。うさぎの時には全く思わなかったのだが……今は肉が食べたくて食べたくて仕方がないのだ」

「道は大丈夫？」

「あぁ。この周辺なら問題ない」

「わかったわ。気を付けて。あぁでも、大きな動物はやめて頂戴」

「あぁ！　では小型の物を狙ってくる！」

そう言うと、レイス様はウキウキとした様子で森の中へと走って行ってしまった。

武器などはどうするのだろうかと思いつつも、まぁいいかと思い私は野菜を洗いに向かったのであった。

もし肉が来たらスープに入れて煮込もう。きっと柔らかくなって美味しいだろうなと思ったのであった。

それからしばらくして、レイス様が楽しそうな様子で帰って来た。

捕まえてきたのはカモと川魚であり、すでに下処理は終えられていた。王子なのにと思いながらも、手間が省けるのでありがたい。

「解体をしてくる。ナイフを借りてもいいだろうか。魔法具の武器は持っていたので狩りは出来たのだが、小型のナイフはなくて、やりにくくてな」

「えぇもちろん」

私はキッチンからナイフを取ってくるとそれをレイス様に手渡す。レイス様は解体を始め、私は料理の続きに戻った。

しばらくするとレイス様が切ったカモ肉を持ってきてくれる。

「ありがとう。スープに入れてもいいかしら？」

「もちろんだ。魚は外で焼いてもいいか？」

「えぇ。塩があるわ。それを使って」

「ありがたい」

以前少し奮発して塩を買っておいてよかった。しばらくしてから様子を見に行くと、レイス様は魚を串焼きにしていた。

「手際がいいわね」

「あぁ。美味《うま》そうだろう？　そうだ。ミラ嬢、よければこの魔法具を使ってくれ。護身用になる」

そう言うとレイス様は私に自分が身に着けていた魔法具を手渡そうとするが、私はそれを断った。

「いいわよ。貴方《あなた》が一応身に着けておいて。何かあった時用の為《ため》に」

「そう、か？　よし！　いい感じに焼けて来たぞ！」

「スープも出来たわ。ふふふ。せっかくだから外で食べましょうか。台と椅子を持ってくるわ」

「それはいい考えだな！」

私達は外で食べる準備をする。

焼き魚にスープにチーズを載せたパン。昔だったならば変な組み合わせの質素な食事だと思っただろう。

だけれど今では、とても贅沢《ぜいたく》な食事である。

「あぁぁぁぁ。美味い。美味いぞ！　ミラ嬢！　美味い！」

興奮気味にそう叫ぶレイス様に、そりゃあずっとうさぎの姿で草と果物しか食べられない生活だったので、相当美味しく感じるだろうなと思った。

私も一口スープから食べれば、美味しさが口いっぱいに広がる。

「んー。おいひい」

ほっぺたが落ちるとは本当に良い表現である。

私のほっぺたが落ちていないのが不思議なくらいだ。

「美味いな。ミラ嬢、ありがとう」

「いいえ、レイス様のおかげだわ」

「ふふふ。美味いなぁ」

私達は笑い合って食事を楽しむ。

ふと思えば、この森に来て初めての人との食事であった。

あれほど人間は怖いと思っていたはずなのに、レイス様は全く怖くないどころか、一緒にいてすごく居心地がいいなと感じたのであった。


人間の姿へと一時戻ったレイス様であったけれど、やはり薬の効果はそれほど長くは続かないらしく、それから三時間程度でうさぎの姿に戻ってしまった。

一日置きに繰り返し薬を服用し、少しずつ体を慣らしながら調整をしていく。

今は一日三時間程度しか人間の姿に戻ることが出来ないけれど、ここから薬を服用し続けていけば、早ければ二週間、遅くても一か月程度で完全に人間に戻ることが出来るであろう。

うさぎの姿を見れなくなるのは寂しいけれど、仕方がないことだ。

作れる限りの薬を作っておこうと私がそこに時間を割いていると、レイス様は自分に出来ることはしようとうさぎ姿の時は掃除など、そして人間の姿に戻った時には狩りに行き食事の支度を手伝ってくれた。

それだけでなく、古い家の修繕の行き届いていなかったところまでしてくれて、私はなんとありがたいことだろうかと感謝した。

袖をまくり、薬棚の横にある窓の立て付けを修理してくれているレイス様は、近くで薬を作っていた私に尋ねた。

「そういえば、この家はどうしたんだ？」

そう尋ねられ、私は家を見回しながら答えた。

「お年をめした女性が住んでいたらしいわ。でも、ご家族と一緒に住むことになったらしくて空き家になったらしいの」

「そうなのか」

「えぇ。まぁ、私も町で噂話《うわさばなし》程度に聞いただけなのだけれど」

「納得がいった。そりゃあぼろぼろなはずだなぁ」

「家の修繕なんてしばらくは出来ないと思っていたのに、本当にありがとう。貴方のおかげで冬もどうにか越せそうだわ。去年は本当に死ぬかと思ったのよ」

私がそう言うと、レイス様は手を止め、それからこちらを向くと私のことを見つめる。

「大変だったな……」

うさぎ姿の時はいつも私が見下ろしていると言うのに、人間の姿になると私が見上げることになる。

私よりも高い身長に鍛え上げられている逞《たくま》しい体。こちらを見つめてくる視線はとても優しくて、人間だと言うのに不思議と怖くない。

「不思議だわ……」

レイス様へと手を伸ばし、そっと頬に触れる。

確かな温かな体温を感じ、ちゃんとここにいる人間なのだということが分かる。

追放されて以来、人と一緒に少し喋《しゃべ》るだけで緊張し、それが長ければ長いほどに嫌悪感を抱いた。

だけれど、どうしても人と話をしないといけない時はあって、そういう時には、堪《こら》えて、耐えて、そしてあとからひっそりと一人で吐き、うずくまって震えていた。

「み……ミラ嬢？」

ハッとしてレイス様を見ると、レイス様は耳まで真っ赤にして固まっていた。

突然のその様子に、私は慌てて両手で頬に触れ、それから目に異常がないか、体温が上昇していないかを見る。

「薬の副作用かしら……真っ赤だわ。ちょっと待って。薬を調合するから」

一体何がいけなかったのだろうか。

薬の摂取が多すぎたのだろうかと焦っていると、そんな私の肩にレイス様は手を置く。

振り返ると、レイス様は片手で顔を押さえながらうつむき呟いた。

「すまない……と、突然、ミラ嬢が……触れてきたから、ドキドキして、緊張しただけだ」

「は？」

どういう意味だろうかと眉を寄せると、真っ赤な顔のまま、レイス様は声を上げた。

「私は二十歳の男だぞ！　ミラ嬢……容易《たやす》く触れてはいけない」

「？　だって、触れないと健康状態も分からないじゃない」

触れずにどうやって体調管理をしろというのだろうか。

そう告げると、何故《なぜ》かレイス様は大きくため息をつき、それから両手で顔を覆う。

「自分がこんな乙女のようになるとは思わなかった」

「は？　レイス様……男でしょう？」

「男だ！　そうなんだ！　私は男だから、その……あぁもう！」

感情の起伏の大きな人だなと思いながら、私はため息をつくとレイス様の額へと手を伸ばし触れた。

「うん。まぁ、発熱していないのはわかったわ。でも体調が悪くなったらすぐに言ってちょうだいね……心配だから」

心配。

私がまた誰かの心配をするようになるなんてと思いながらちらりとレイス様を見る。

多分、レイス様は分かっていないだろうけれど、レイス様に出会って自分の中の感情が大きく変わってきたのを感じている。

「はぁ。うさぎだったらよかったのに」

レイス様に聞こえないように小さく呟く。

ただのうさぎだったら、愛《め》でて撫でて世話をして一生一緒にいられるのに。

でもこの人は一国の王子だというし、よくよく見てみれば、かなり女性にもてるだろうと容易に想像できる容姿をしている。

白いふわふわの髪も、ルビーのように美しい赤い瞳も、しっかりと鍛え上げた体も。

それに比べて自分は……。

「外で薬草を洗ってくるわ」

「私が行こうか？」

「大丈夫。その窓、修理してくれたらありがたいわ」

「わかった。ここが終わったら食事作りに取り掛かるけどいいか？」

「ありがとう。お願い」

薬草と、桶《おけ》を持って私は家の外へと出た。

森の空気を思い切り吸い込み、顔をあげた。

暗い森。人のいない、静かで寂しい場所。

「ここが……私にはお似合いよ」

欲張ってはいけない。

あの人は、いずれたくさんの人に囲まれて生きていくであろう人。

たくさんの人の中に、私は含まれない。いや、含められないだろう。

井戸まで向かうと、水をくみ上げ、そして桶へと流し込む。

桶にくんだ水に映る自分の姿を見て、私は息を呑《の》む。

「なんて……なんて醜いのかしら」

焼けただれた頬へと手を伸ばし、私はそれから目を背ける。

「……あぁ。だから嫌なのよ」

人と関わらなければこんな気持ちになることもなかったのに。

あの人に出会わなければ、こんな思いを抱くことなんてなかったのに。

「バカみたい……」

乙女みたいね。

レイス様よりもよっぽど。

私は両手で顔を覆い、しばらくの間、動くことが出来なかった。


薬の服用を始めて二週間がすぎ、そろそろ薬の材料が少なくなってきた。

レイス様が人間の姿でいられるのも五時間と長くなっている。この調子でいけばあと少しでレイス様は完全に人間の姿へと戻るだろう。

良く働くレイス様のおかげで、家はとても美しく修理された。そればかりか、ぼろぼろであった庭の柵や、使えなくなっていた物置まで修理してくれている。

最近では用水路を作ろうと画策しているようで、設計図を作ったり色々と楽しそうに動きまわっている。

ただ、今日はそれもお休みである。

今日は少なくなってきた材料を補充するためにもう一度森へと入る。

前回はぴょんぴょことついてきたレイス様だったけれど、今日は横に並び歩いて進んでいく。

「なんだか不思議ね。可愛いうさぎさんの姿だったのに」

そう言うとレイス様は肩をすくめる。

「言っておくが、私は森に入るのも慣れているからな。だから、心配しなくて大丈夫だ」

「そう」

「それにしても、また森の雰囲気が……なんだか変わったな」

「二週間経《た》つだけで、森の中で自生している薬草の場所が変わるの。不思議でしょ？」

「あぁ」

「前回の温泉には行けないから残念」

「そ……そうか」

どこかほっとしている様子のレイス様。温泉嫌いだなんて珍しいなと私はそう思う。

「だけれど、今日向かう採取場所は、前回の所よりも近いから日帰りで行けるのよ」

「それはよかった。森は危ないからな」

採取場所まではほどなくしてつき、私は必要なものを採取していく。

薬が体に慣れてきたようなので、それに合わせて調合も変えて薬草も変わる。私はそれらを採取しおえた時、ふと顔をあげた。

「ミラ嬢、静かに」

レイス様の声に、私は視線を向けるとうなずく。

空気が変わった。

森の中だと、少しの変化が顕著に感じられる。私もレイス様も身構え、それからゆっくりと身を潜めるために移動しようとした時であった。

「ぐるるるるっぅぅぅぅ」

獣の声が聞こえ、私は身を硬くし、レイス様は魔法具のネックレスから剣を取り出すのが分かった。

そこにいたのは、人の二倍ほどの大きさの狼《おおかみ》であった。

この森でこれほどの狼に出会うのは、かなり珍しいことだ。

「どうやら気づかれたようだな」

狼がこちらに向かって警戒するようになり声をあげている。

私は近くにある洞窟を指さして声を上げた。

「あそこに洞窟があるわ！　そこであれば、奥の方は道が狭いから！　入って来れないはずよ！」

「よし！　ではミラ嬢はそっちに向かって走れ！」

「え!?」

レイス様は剣を構えると、狼と対峙《たいじ》する。

私は覚悟を決めると、持ってきていたしびれ粉入りの小瓶を構える。

「わ、私だけ、逃げられないでしょう！」

「ははは！　勇ましいな。だが安心するといい。私はそれほど弱くない。だが、ミラ嬢が心配だとどうにも気がそれそうなので、避難してもらえるとありがたい。あと、その瓶、もらってもいいか？」

「え？　そうなの？　わ、わかったわ」

私は小瓶を手渡し、レイス様に言われたように急いで洞窟の入り口まで移動し、様子を見守ると、レイス様は片手で剣を構え、そして狼からの攻撃をひらりと宙を舞って避ける。

それから、地面に着地すると勢いよく狼との距離を詰め、そしてしびれ粉の瓶を投げつけると、距離を取った。

狼は声を上げ、それからふらつきながらもレイス様へと襲い掛かる。

レイス様は狼の牙を剣で受けると、そのまま地面へと押し倒され、そこから狼の腹部を蹴り上げてふき飛ばすとまた距離を取り体勢を立て直す。

私はその様子をハラハラとしながら見守るしかない。

そんな心配をよそにレイス様は準備運動のように腕を回し、それから軽くジャンプをすると遊んでいるような楽しそうな様子で狼へ立ち向かっていく。

そして暴れまわる狼の背にひょいと乗り上げた。

「レイス様！　大丈夫なの!?」

そう尋ねると、レイス様は片腕を上げて言った。

「大丈夫だ！　いや、案外こいついい乗り物になりそうだなと思ってな！」

嫌々ともがく狼と、余裕の笑みを浮かべるレイス様を見て、私は大丈夫そうだなとほっと胸をなでおろした。

それからしばらくして、狼はゼーハーと地面に横たわり、舌をだらりと地面に垂らしている。

その上にレイス様は座り、笑い声をあげて、狼の体を撫でた。

「よしよし。さぁ、どっちが上かは分かったな」

ポンポンと叩《たた》かれた狼は、のそりと起き上がると、レイス様の横におすわりしてしっぽを振っている。

「いいか。ちゃんと言うことを聞くんだぞ」

「オオン！」

こちらに向かってレイス様は手を上げると言った。

「ミラ嬢！　もう大丈夫だ！　こっちへ来てもいいぞ」

「え……えぇぇぇ」

私は恐る恐る向かうと、一瞬だけぐるるるると狼がうなり声をあげる。

そんな狼の頭をレイス様は鷲摑《わしづか》みにすると言った。

「いいか。よーく覚えておけ。この人は私にとってとても大事な人だ。絶対に傷つけてはいけないぞ」

「く……くぅぅん」

先ほどまでは狂暴だった狼が、私の方をキラキラとした瞳で見つめてくる。

野生の動物とはこのように賢いものなのだろうかと思っていると、レイス様は魔法具のネックレスの中から、首輪を取り出した。

「この魔法具は収納機能もついているんだ。これは魔法具の首輪だ。ほら、首輪をつけてっと。よし、これで私との主従契約ができた」

「主従……契約？　アレクリード王国にはそのようなものがあるの？」

「ああ。最近生み出された魔法具で、高価なものだから流通はしていない」

「そうなのね。ルーダ王国では見たことがなかったから、びっくりしたわ」

「作るのも難しいらしくてな、そこまで数が生み出されているわけではないからな。さぁこれで私の意向に逆らうことはない」

「待って……じゃあ、触ってもいいの？」

私がおずおずと尋ねると、レイス様はそれを聞き、一瞬止まる。それから少しばかり悩まし気な表情を浮かべる。

「わ……私の方が、可愛いよな?」

「え?」

「いや。すまん。なんでもない。触ってもいいぞ」

狼が私の方へとしっぽをブンブンと振り、私が手を伸ばすと、手にすり寄るように可愛らしく目を細めた。

「ふわぁ。可愛い」

私がそう呟くと、レイス様が何故かちらちらとこちらを見てくる。

「どうかした?」

「あ、いや、何でもない。ミラ嬢は、動物が好きなのだな」

「えぇ。ふふふ。可愛い。こうやって撫でられるのはレイス様のおかげね。ありがとう」

そう伝えると、レイス様は肩をすくめ、それから言った。

「この大きさの狼であれば、背中にも乗れるだろう。これで森の中の移動が楽になるな」

「え……乗って大丈夫?」

私が狼に尋ねると、任せろとでもいうようにしっぽがブンブンと振られる。

薬草はすでに採取し終えており、私達は狼の背中に乗ると森の中を駆け抜けていく。

来た時には時間のかかった道が、一瞬で過ぎ去っていく。

「わぁぁ! 速い!」

「さすがだな！」

森の中を駆け抜け、そしてもうすぐ家につくという時、狼が足を止めると、鼻をふんふんと鳴らしてレイス様へと視線を向ける。

レイス様は狼から下りると、警戒し周囲を見つめる。

「少し、見てくる。待っていてくれ」

「？　えぇ」

一体どうしたのだろうかと思いながら、狼と共に森の中で待っていると、小走りで帰って来たレイス様は言った。

「何者かが家に来たらしい痕跡がある」

「え？」

突然のことに、私は一体どういうことなのだろうかと、不安に思った。

狼から下りて家の方へと向かうと、家の前にいくつもの足跡が残されており、そして扉が壊されていた。

「お前は外で自由に過ごしてくるといい。また呼んだら来るんだぞ」

「オオン！」

レイス様はそう狼へと伝えると、その声に従うように森の中へと狼は姿を消した。

私とレイス様は扉の方へと向き直る。

せっかく修理をしてもらったのにと壊された扉に悲しさを覚えながら中へ入ると、乱雑に家の中が荒らされているのが分かった。

地面には割れた小瓶や、物が散乱している。

それらを見ながら、私は小さく息をつく。

せっかく作り上げた私の居場所が、ぐちゃぐちゃである。

やるせないなと思いながら、ふと、落ちていた見覚えのないボタンを見つけ、それを拾い上げた。

「……これは……」

体が硬直する。

「ミラ嬢？　ミラ嬢。どうした。顔が……真っ青だぞ」

倒れていた椅子を起こし、そこに私を案内し座らせてくれる。

寒くないはずなのに寒くてたまらず、顔の傷が痛み始める。

額に手を当てる様子を見て、レイス様は急いで布を水で浸して持ってくるとそれを手渡される。

「痛むのか？　冷やして。少しでも痛みが和らぐといいのだが……」

布を受け取り、額の傷に当てながら痛みに耐える。

「大丈夫。少ししたら……落ち着くから」

「どうしたのだ……？」

「……これを、見つけたの」

手のひらにぎゅっと握っていたボタンを私はレイス様へと差し出す。

「これは」

それを受け取ったレイス様はそれをしげしげと見た後に息をつく。

「これはルーダ王国の文様の入ったボタンだな。これを付けられるのは騎士かもしくは王宮勤めの貴族か……私を捜しているのか。もしくは……君を」

体が震えて、怖くて、怖くて……仕方なくなる。

もう二年経っているというのに、あの日のことが今でも昨日のことのように思い出せる。

もう大丈夫だと。自分とは関係ないと、人間など大嫌いだと、もう人など信じるかと……強い言葉をいくら吐いても……心の中に巣くう恐怖は消えてくれない。

「うぅ……」

体を縮こまらせて、恐怖が収まるまで、吐き気が治まるまで私は小さくうずくまることしか出来ないのだ。

そんな私を、レイス様がぐっと引き寄せ抱きしめた。

「私が、私が守る。絶対にだ」

「大丈夫……少ししたら収まるから……」

「あぁ。ならばそれまで一緒に居させてくれ」

温かなレイス様の体温が伝わってきて、瞳から涙が溢《あふ》れ出てくる。

どうしてなのだろうか。

人なんてもう信じないと思っているのに、レイス様は優しくて、そして温かい。

それに触れていると、そこに寄りかかってしまいたくなる。けれどそれではいけないと、私は語気を強めて言った。

「離して……離して！　優しくしないで」

私の傍《そば》になんてずっと一緒にいてくれるわけがない。それなら一時の優しさなんて欲しくなかった。

「……嫌だ」

「なんで……離してよ……優しさなんて……」

涙が溢れる。大粒の涙が零れ落ちていく私をぎゅっと優しくレイス様は抱きしめたまま、背中を撫でる。

どうせ居なくなるくせに。

そう思いながらも、私はレイス様にしがみついて、そして、心のままに泣き叫んでしまった。

優しくしないでほしいと思いながらも、その優しさに甘えてしまった。

あぁ。ダメだ。そう思う。

だけれど……。

私が泣いて泣いて、泣き疲れて眠ってしまうまで、レイス様はぎゅっと優しく抱きしめていてくれた。

◇◇◇

「……眠ったか……」

真っ赤になった目元が痛々しくて、それをすっと指で撫でる。

小さくて可愛らしい女性だ。

そんな女性の顔を焼き、ずっとずっと苦しみを与え続けている相手が、憎くてたまらない。

「ボタン一つで……こんなにも思い出して、苦しむのか……」

抱き上げて、それからベッドへと運ぶけれど、ベッドすらも荒らされていた。

自分を捜しに来たのかそれとも彼女を捜しているのかそれは分からないけれど、他人の家を土足で踏み荒らす行為に腹が立つ。

ここは、彼女が、少しずつ少しずつ生きるために整えてきた家だ。

きっと一つ一つに思い入れがあったはず。

片腕で彼女を抱き、もう片方の手でベッドをどうにか整えていく。そしてゆっくりと寝かせると、
ミラ嬢の閉じた瞳から涙が零れ落ちた。

「……一人に……しないで……」

「……しない」

ひっくひっくと、子どものように夢にうなされて涙を零すその姿に、胸が締め付けられる。

頭を優しく撫でると、手にすり寄ってすやすやと寝息を立て始める姿に、胸をぐっと押さえた。

「はぁ……無防備すぎるだろ……」

そっと額にキスを落とし、小さくため息をつく。

こんなにも無防備でどうやって生き残れたのだろうか。

そう思いながら、指で髪を梳《す》いていると寝言がまた呟かれる。

「ローゼ……ス……でん……やめ……ごめ……」

男の名前だろうか……。

その言葉に、思わず眉間にしわを寄せ、それからミラ嬢の耳元で囁《ささや》く。

「私が、今は傍に居る。そんな男のことは、忘れろ」

あまりの狭量さに自分でも呆《あき》れてしまう。

だけれどこの人を、手放したくないとそう強く思う。

「私がミラ嬢の傍にずっといては、だめだろうか」

乞うように呟くと、ミラ嬢がふっと笑う。

どんな夢を見ているのだろうかと思いながら、どうか幸せな夢を見ていますようにとそう願う。

「君の苦しみを全て消し去れたらいいのに……」

ずっと傍に居たい。

「それが出来るように、君が笑っていられるように……私に傍に居させてほしい」

夢の中に落ちている彼女。いつか、現実でも直接願おう。

だけれどその前に……。

ボフンッと勢いよくうさぎの姿に戻ってしまい、大きくため息をつく。

「この姿では、君を抱きしめることさえできない」

自分の前足を見てため息をついていると、ミラ嬢の手が伸びてきて体を抱き込まれる。

「うぅぅ」

もがくけれど抜け出せないでいると、ミラ嬢が幸せそうに呟いた。

「ふわぁぁ。気持ちい……あぁ、幸せ」

「ぐぬぬ」

うさぎ姿の自分に負けている気がして、何とも言えない敗北感を味わった。

第五章　招かれざる客　動く時

翌朝目覚めると、私は胸の中に抱きしめる温かさに毛布をめくった。そこには丸まって寝息を立てるレイス様の姿があり、私はあまりの可愛《かわい》さに一瞬見入ってしまう。

この可愛らしいうさぎが、あの美丈夫になるとは到底思えない。

こんなにも、ふわふわとしていて可愛らしいのに人間の姿になれば逞《たくま》しく大柄な男性になる。

そう思うとなんとも言えない気持ちが湧き上がり始めて、私は頭を振る。

「今は……ただの可愛いうさぎよ」

そうだ。人間の姿を思い出すからいけないのだと思いながら、私はそっと眠っているレイス様をぎゅっと抱きしめた。

温かくてふわふわで、幸せな気持ちで満たされる。

そう思っていると、レイス様がもぞもぞと体をよじり始め、私の腕から抜け出そうとするので無理やり押さえつけると、不満げな声が上がった。

「乙女が男を不用意に抱きしめるものではないぞ！」

「今は可愛いうさぎさんだもの～」

「うぅぅぅ」

「ふふふ」

以前までは、昔のことを思いだしたら翌日も憂鬱な気持ちだったというのに、レイス様がいるからだろうか。

今日はとても気分がいい。

「さて、朝ごはんにしましょうか」

「あぁ」

「朝一で人間の姿になる？」

一日のうち、薬の服用時間は最低でも六時間はあけなければならない。なので、今飲んで五時間人間だった場合、そこから六時間は薬が服用できない。

レイス様は少しばかり考えると、首を横に振った。

「家を荒らした人間がいつ来るか分からない以上、対応しやすいように今はこの姿でいる。ただ……片付けがしにくいが、すまない」

その言葉に私は首を横にふった。

「いいのよ。私もその方がありがたいわ。もしもの時……私戦えないから。はぁ。こんなことなら武術でも習っておけば良かったわ」

「ははは。ミラ嬢が武術か。そうだな。人間の急所の狙い方と逃げ方については今度教えようか」

「逃げ方？」

「そうだ。基本的に体重が重い者の方が戦いってのは有利だ。だからミラ嬢は勝ちを考えるのではなく、どう逃げるかを考えた方がいい」

「なるほど」

「さて、朝食にしよう」

「えぇ。そうね」

私達《たち》は起き上がると、私は朝食の準備に取り掛かり、レイス様はいつ作ったのかうさぎ姿でも使いやすそうな小さな箒《ほうき》を使い、上手に床を片付けていく。

今日は温かな飲み物とパンだけにして、レイス様には庭で穫《と》れたての野菜を出した。

二人で朝食を食べ終えた後は、一体何者の侵入だったのかを推察しながら掃除を進めて行く。

「可能性としては、私を捜しているかミラ嬢を捜しているか、はたまたただの盗賊で家を荒らされたかだが……盗賊という可能性は低いな」

「えぇ。私もそう思うわ」

「盗賊ならば金目の物を持っていきそうなものだが、薬などは無事だったしな」

「そうねぇ……それに一番はあのボタンよ。あれは……ルーダ王国の文様の入ったもの。だからこそ、ルーダ王国の人がここに来たのは間違いない。私達どちらにも無関係でここに来たってことは……ないでしょうね」

「そうだなぁ……だがミラ嬢を捜しに来る理由は？　私の場合は行方不明の王子を捜しているとい

う理由なら分かるがな」

「私を捜す、理由……そうね……」

理由があるだろうか。

追放されてもう二年だ。二年もたって捜す理由があるのだろうか。

考え込む私の肩にレイス様は手を置くと言った。

「とにかく、一度安全な所に移動した方がいいだろう。ある程度片付けがすんだら、今日のうちに別の場所へと一時避難しよう」

この家から離れようだなんて、考えもしなかった。

「え?」

「ここにいてはいつ戻ってくるかもわからないだろう?」

「で、でも……」

ここは、私の家である。やっと手に入れた我が家をそう簡単に手放すことなど出来ない。

そう思った。

けれど、レイス様は真面目な口調で言う。

「安全を優先しよう。この家がミラ嬢にとってとても大切なことは分かる。だが、今は安全が第一だ」

「でも……でもここは、やっと手に入れた私の居場所なの」

ぐっと手に持っていた箒に力を入れた時であった。

外から物音が聞こえ、狼《おおかみ》の遠吠《とおぼ》えが聞こえてきた。

私達はその声に顔を見合わせる。

「しまった。……主従契約を結んでいるとはいえ、うさぎの姿で会うの怖いな」

「ふふふ！　たしかに食べられてしまいそうね」

一度外に出ると、家の前にしっぽをブンブンと振る狼の姿があった。

その頭を私は優しく撫《な》でる。

うさぎ姿のレイス様を見た狼は一瞬きょとんとした後に、レイス様の体にすり寄った。

「ひぃぃぃ。なんだか、この姿だと、背筋がぞわぞわするぞ」

「本能ってやつかしらね？」

「あぁ……そうだ。ミラ嬢。こいつに名前を付けてやってくれ」

「え？　私が？　いいの？」

「あぁ」

生き物に名前など付けたことがない。

私は狼をじっと観察し、その灰色の体と鋭い金色の瞳をじっと見つめた。

「リュコスというのはどうかしら？　異国の言葉で狼という意味らしいわ」

「ほう。さすがは博雅姫だな。リュコス。良い名をもらったな」

た。

「オオン！」

嬉《うれ》しそうにブンブンとしっぽを振る姿に私は、大きな動物も可愛らしいなとそう思ったのであった。

最初は引っ越しに対して嫌だという思いが強かったけれど、レイス様の説得もあり、命の方が優先かと引っ越すことを決意した。

リュコスに人が来たら襲いかからず、知らせるようにレイス様がお願いをして、私は引っ越しの準備を始めた。

持っていくものは背負える分だけだろう。

少しずつ増やしてきたお気に入りの物達にもさよならしなければならない。

「……はぁ……」

私が小さくため息をつくと、レイス様が言った。

「別れではないぞ。いいか。私が元の姿に戻ったならば、ここにあるもの全て持っていけるように手配する。だから今は堪《こら》えてくれ」

「ええ。ありがとう」

レイス様は悪くもないのにそう言うものだから、私は気持ちを切り替える。

そうして一つのリュックに荷物をおおよそ詰め終わった時のことであった。

「オオオオオオオオオン！」

リュコスの遠吠えが聞こえた。

「隠れるぞ！　誰か来たようだ」

「えぇ」

私達は急いで床下にある、小さな貯蔵庫の中へと入った。

ここであれば、身を隠すことができる。

相手の出方次第で、応戦かもしくは様子見かを決める予定だ。

うさぎ姿のレイス様をぎゅっと抱きしめて隠れていると、家の中に入って来た人達の声が聞こえてきた。

「……帰ってきた形跡があるな」

「あぁ。だがどうする。見つけられなければ……俺達はどうなるか分からないぞ」

「はあぁぁ。どうしたらいいんだ。どうして……俺達がこんな目に……」

聞こえてくるのは複数人の男性の声であった。

一体どういうことなのだろうかと思っていると、男性達はうめいたり、怒ったりしながら声を上げる。

「一体、一体どうしたらいいんだよ……」

「俺は、国に家族がいる……家族を置いて逃げるなんてことはできない」

「だけど、見つけられずに戻れば……待っているのは……そもそもこうなったのは令嬢を追放したせいだろう！」

「そもそもご令嬢は本当に生きているのか……俺達……どうしたらいいんだよ」

「まさか……殺されるとか……ないよな」

すると、沈黙が訪れる。

そして声からして捜しているのは私なのだろう。

私を連れて帰らなければ、死ぬ？　一体どういうことなのだろうかと思っていると、レイス様が私にちょんちょんと前足で触れ、そして首を横に振る。

その様子に、私に絶対に外に出てはいけないと、そう言っているのは分かった。

だけれど、もし私が外に出なかったら、この人達はどうなるのだろうか。

人間など嫌いだ。

関わりたくなんてない。

だけれど、自分とは無関係の人が自分の為《ため》に死ぬかもしれない。

なんと悍《おぞ》ましいことだろうかと、私はレイス様の前足に触れ、そして首を横に振り返すと、ゆっくりと貯蔵庫の中から外へと出た。

「……捜しているのは、私？」

突然現れた私に、男性達は小さく悲鳴を上げたのちに、幽霊でも見るかのような視線で私のことを見てきた。

久しぶりに人間と向き合うことに震えそうになるけれど、レイス様がいる。だから大丈夫と自分に言い聞かせて尋ねた。

「一体どうして、私を捜しているのか、教えて」

男性達はやっと私が生きている人間であり、捜している張本人だと気づいたのだろう。

驚いた表情を浮かべながらも姿勢を正すと、そのうちの一人が口を開いた。

「ミラ・ローゼンバーグ様ですか？」

「いいえ。今はただの追放者ミラよ」

その言葉に、そこにいた四人の男性の顔は一気に明るくなった。

「あぁ。神よ……」

「捜しておりました」

「どうか、どうか国へとお戻りください」

「私達は貴方様《あなたさま》を捜していたのです」

一体どういうことなのだろうか。

私は見つかったら縛り上げられて罪人のような扱いを受けるとばかり思っていた。

だけれど男性達にそんな素振りはなく、私に対してとても真摯に対応しようとしている。

意味が分からない。

私は小さく息を整えると、再度尋ねた。

「一体、何があって私を捜しているのか、何が目的なのか、教えて」

その言葉に、男性達はうなずき、一歩近寄ってこようとしたけれど、私は後ろに下がり警戒心は解かない。

「私達は貴方様に危害は加えません」

「ですが、王国には戻っていただく必要があります」

そう言うと、男性達はこれまで何があったのかを静かに話し始めたのであった。


「こんなはずじゃなかったのに……全部お姉様のせいだわ」

計画は順調だったはずだった。

聖女として認められた私は、ローゼウス殿下にお願いをしてお姉様との婚約を破棄してもらい、そして追放処分にしてもらった。

これまでずっと邪魔だったお姉様を追放することもできたし、王子様であるローゼウス殿下は私の言うことを何でも聞いてくれていた。

完璧だった。

ただ問題は、国王陛下とそれに国民にあった。

私が聖女として認められたのも、お姉様を追放したのも、国王陛下が国外へと視察に出かけていた時であり、国に帰ってきた国王陛下はそのことに激怒した。

面会すら許されず、私達はしばらくの間謹慎処分になりお互いに離れ離れにされたのだ。

しかも、国王陛下はすぐに捜索隊を出したらしい。ただ、喜ばしいことにお姉様は見つからなかったらしいけれど。

家臣にも何故《なぜ》止められなかったのだと罵声を浴びせていたという。

結局お姉様は死去したという扱いになり、ちょっとがっかりはしたものの、まぁいいかと気持ちを切り替えた。

ただ誤算は、私とローゼウス殿下との婚約が中々進まなかったこと。

結局二年間もかかり、その間私は聖女としての訓練と称して神殿の中での生活となった。

ただ皆私の言うことを聞いてくれるので、神殿の生活も悪くはなかったけれど。

そんな状況でもローゼウス殿下との愛は着実に深めていった。

国王陛下もどうにか婚約は許して下さった。ただ、未《いま》だに私は面会させてもらっても顔をあげることを許されず、ずっと床を向いている状況だ。

ちゃんと顔を見て話せば、国王陛下も私の愛らしさにすぐに心を開くでしょうに、頑《かたく》なに許してくれないのである。

私の元婚約者であったヴィクターは冴《さ》えない男だった。だけれど、私との婚約が解消された後、ローゼウス殿下の側近であった彼は、私が願えば大抵のことは叶《かな》えてくれた。

きっと私のことを愛しているのだろう。

可哀《かわい》そうな人。そして罪な私。

ヴィクターからは聖女としての威厳を示すためにと婚約式にもベールを着けることを提案された。最初は嫌であったけれど、確かに結婚式に私の愛らしさを皆に知らしめた方が盛り上がるかなと思って許容した。

だけれど、問題が起こったのは婚約式後だ。

どこから話が漏れたのか、お姉様の噂《うわさ》が町で囁《ささや》かれ、追放されたのではないかという噂が広まり始めたのである。

『あの心優しいミラ様が追放された？　それは本当か』

『あぁ。国は隠し通せると思っているようで、ミラ様は死去したと発表したが、全て出まかせだ！　ミラ様が王国を追われる姿を見た者や、追放される時に、手助けをした者達がいるらしい』

『どういうことだ!?』

『なんでも……顔を焼かれていたらしいぞ……事情があると気づいた者が、安全な次の馬車まで引き継いだらしい。それから出来るだけ遠くにと皆が信用ある者にミラ様を託していったらしい』

『……それで、ミラ様は？』

『どうにか、安全な隣国まで送り届けたと聞いた』

『よかった。無事なのだな？』

『あぁ。無事らしい。だが、ルーダ王国はどうなっているのだ。というか……ここだけの話、聖女というのも怪しいらしいぞ』

『なんだって!? どういうことだ?』

『インチキなのではないかという噂が出回っているのだ』

『……それって……』

そうした噂はあっという間に王国に広がっていく。

お姉様のことなんて忘れてしまえばいいのに、二年経《た》った今も思い出すなんて信じられない。

なんでも、お姉様のおかげで薬草の知識が町に広がり、それで救われた人々がいるのだとか。

いなくなってからも私に迷惑をかけるだなんて、本当に大嫌い。

お姉様のことなんて忘れて私に心酔すればいいものを、人々に愛されるべき聖女の私は現在冷たくあしらわれ、どこへ視察に向かおうとしても、門前払いされるか誰も近寄って来ない。

平民が生きようが死のうが、好かれようが嫌われようが関係ないと思っていた。

けれど国王陛下は国民がいてこその王国であり王家であるという考えらしい。

国民が不安に駆られ、王家への信頼が揺らいでいることに、危機感を抱いているという。

「ばっかみたい。そんなの無視すればいいのに。はぁ……それにしてもどうしようかしら」

国王陛下は未だにお姉様の行方を捜しているらしい。

もし見つけたとして、一体どうするつもりなのだろうか。

その時、部屋がノックされ酷《ひど》く咳《せき》をしながらローゼウス殿下が入ってくる。

青白い顔に隈《くま》を作った彼は私の下へとやってきて、すがるように跪《ひざまず》いた。

「あぁ。愛《いと》しいオリビア。どうか私に元気をおくれ」

「えぇ。もちろんよ。私の瞳を見て」

「あぁ……」

彼の両頬に手を当てて、じっと見つめる。

「私のことを愛する貴方はとても素敵。強くて勇敢で病気などに決して負けないわ」

そうささやきながら瞳を見つめていくと、先ほどまで咳き込んで元気がなかったのが嘘《うそ》のように顔色はよくなり、瞳にも力がみなぎる。

「あぁ！　ありがとう愛しい人よ。聖女の君がいてくれれば私は元気でいられる！」

「えぇ。貴方は強くて逞しく、王子の鑑《かがみ》よ」

「ありがとう……あとミラだが、父上が行方を捜しているのは知っているな。私の方でも手を回し、先に捜索隊を出している。だから、心配いらない」

「お姉様を先に見つけたらどうするのですか？」

「国王陛下の前で、自らの罪を自白させるのだ！」

「なるほど……」

「あぁ！　私を信じてくれ。愛しい君よ」

「まぁ……ふふふ。信じておりますわ」

「よかった。私にとって君は女神であり愛しい女性であり、生きる糧だ。さて、頑張るかな。では行ってくる。いつもありがとう」

「ふふ。いってらっしゃいませ」

なんて素敵な王子様かしらと、私は小さく息をこぼす。

お姉様が王子様の婚約者になった時には、うらやましくて仕方がなかった。だから、いつかお姉様から王子様を奪い私がこの国の王妃になるのだと夢見ていた。

そして夢見ているだけではなく、王国に聖女が現れるという神託が下り、私が、その聖女だったのだ。

完璧だった。なんて素晴らしいのだろうかと自分の輝かしい人生に胸が躍った。

それなのに、国王陛下は私の邪魔ばかりする。

「はぁ……どうにかして国王陛下と二人きりになれないかしら」

まずは話をして私のことをわかってもらいたい。私のことがわかればきっと国王陛下だって私のことを信用してくれるのに。

これまでも、何か困ったことがあった時、ちゃんと目を見て話をすれば皆私の言うことを聞いてくれた。

だから、きっと国王陛下も分かってくれるはずだ。

「あーあ。もし国王陛下がこれ以上私の邪魔をしてくるなら、レイス様と結婚するのもありかなーと思ってたのに、レイス様どこへ行ったのかしら。ローゼウス殿下よりも大柄で男らしくて、素敵な人だったのに」

最初にレイス様と出会った時のことを思い出す。

今まではルーダ王国の王子様が一番素敵な結婚相手だと思っていた。だけれど、アレクリード王国の王子であるレイス様を見て驚きと同時に胸が高鳴った。

王子なのにもかかわらず鍛え上げられた体。あの逞しい腕で抱きしめられたならばどれほどに心地よいだろうか。

居ても立っても居られず、レイス様ともっとお近づきになりたい、そう思っていたのだけれど、レイス様の行方が分からなくなってしまったのである。

「どこへ行ってしまったのかしら……現在捜索されているみたいだけれど。はぁぁ。私のことを連れ去ってほしかったのにぃ。そしたら、今こんなに悩まなくてすんだのにな」

その時、部屋に響いたノックの音に私が姿勢を正すと、眼鏡をかけたヴィクター様が王妃教育の為の教師を伴って現れた。

その教師も分厚い眼鏡をかけており、私は眉間にしわを寄せる。

「あら、入室の許可は出していないわよ」

「失礼いたしました。ですが、ローゼウス殿下のご婚約者たるオリビア様の王妃教育が中々進行していないと聞きまして、国王陛下より私が世話係をするように命じられたのです」

「え？　元、婚約者の貴方が？」

「はい。では新しい教師のイナード様です。この方はあらゆる分野に精通している方なので学びを深められるかと思います」

「初めまして。聖女様。よろしくお願いいたします」

「えぇ。よろしくね」

私は最初はしっかりと目を見て挨拶をしようと思い立ち上がると、イナード様の前へ行き、その瞳を見つめたのだけれど、眼鏡に何やら色がついているのか、視線が合わない。

「少し目がわるいもので、見苦しくて申し訳ありません。ですが、別段授業に差し障りはありませんので」

「え？　えぇ……分かったわ」

授業など面倒くさいなと思いながら、王妃になるためには仕方がないかと私はそれから授業を受けることにした。

けれど実家の教師よりも厳しく、勉強の量も多く、私は一日にして嫌になった。

「ねぇ、イナード様……その、私は聖女ですし、そんなに勉強しなくてもいいのではないかしら？」

両手でイナード様の手を取り、その瞳を覗《のぞ》き込んでお願いをしようとしたのだけれど、イナード様はさっと私から離れると頭を下げた。

「この国の国母となるならば、頑張らなければなりません。では、本日はこれにて失礼いたします」

「え……えぇ」

ずっと私達を見守っていたヴィクター様も同じように頭を下げて、部屋から出ていった。

私はこれからずっとあんな勉強をしなければならないのかと思うと嫌気が差してくる。

「はぁ……やっぱりレイス様にしようかしら。素敵な殿方に攫《さら》われるなんて、きゃっ。素敵！　はぁ。でも肝心なレイス様がいないのよねぇ。どこへ行ったのかしらぁ」

机の上に積み上げられた教科書を、私はちらりと見てため息をつくと侍女を呼んでそれらを片付けてもらった。

それから美味《おい》しそうなデザートを机の上に並べ、紅茶を飲みながらそれらを楽しんだ。

「まぁ、どうにかなるわよね」

これまでも、私の思い通りにならなかったことはない。だから、今も私は別段焦っていない。

お姉様がもしも見つかっても、あの顔では人前には出られないだろう。

「あぁそうだ。もしも見つかって帰ってきたら、私の代わりに仕事をさせましょう。それならいいわ」

そう思いつけばあとは心が楽になる。

最初から思いつけばよかったと、私はそう思い菓子にさらに手を伸ばしたのであった。

「ミラ嬢、やめるんだ！　今からでも遅くない。逃げよう」

少し準備をするから一度外へと出てほしいと頼み、現在外で騎士達は待機している。

部屋の中にいるのは私とレイス様だけなのだけれど、レイス様は準備を進める私の足元でぴょんぴょんと飛び跳ねながら言った。

「絶対に危ない！　頼むミラ嬢！」

「……だって……私が行かなければ、彼らは処罰されるかもしれないのよ？　知ってしまった以上、気分が悪いじゃない」

私は騎士達と共に、一度ルーダ王国へと戻る決意をした。

ただし、一度帰ってから国王陛下へ報告をし、その後はまたこの森に帰ってくるつもりである。

そして私がルーダ王国へと戻ろうと思ったのはそれだけが理由ではない。

騎士達のことを見殺しには出来ないという思いもあるが、やはり、レイス様が何故うさぎの姿にされたのかを明確にした方がいいと思ったからだ。

薬の服用を続けたおかげで、あと少しでレイス様もきっと元の姿に戻るだろう。

だけれど、出来ることならば誰がどのようなものを使いレイス様に呪いをかけたのか、それを明確に知りたかった。

それを知ることで、レイス様に処方する薬の量や種類も変えられるだろう。

レイス様の体調を考えるならば、それが分かっていた方が絶対に良いと思ったのだ。

「決めたの」

私の頑なさに、ついにレイス様は大きくため息をつく。

「わかった。だが、絶対に危険なことはしないでくれ。もし危険なことをすれば、私は人間の姿に戻り、君を攫いルーダ王国から脱出するからな」

「あら、許してくれるのね」

「……仕方ないだろう」

レイス様はそう言いため息をつく。

私は荷物をまとめ終えた後、大きめのカバンの中にレイス様をゆっくりと入れた。

「これなら私が持ち運びできるわ。大丈夫？」

「あぁ……薬は？」

「ここに持っているわ。これが今ある最後の薬だから……本当に大事な時に使わなくちゃね」

レイス様と私はうなずきあい、それから、私は荷物を抱えて外へと出た。

外で待っていた騎士達は私が現れたことにほっとした様子であった。おそらく私が逃げないか気が気ではなかったのだろう。

その時、森の中からリュコスが姿を現すと、私達と騎士の間に割って入り、唸《うな》り声《こえ》をあげた。

「がるぅぅぅぅぅぅ」

牙をむき出しにする様子に騎士達は一歩後ずさり剣を構える。

「剣を収めて頂戴」

私はそう告げると、リュコスの背をゆっくりと撫でた。

「驚かせてごめんね。大丈夫よ」

「くぅーん」

可愛らしく耳を垂れ下げて、私の方を見つめるリュコス。

カバンの匂いをスンスンと嗅ぐのを見て、私はくすりと笑うと、その頭を撫でながら告げた。

「しばらく、家を留守にするの。この家を、守ってくれる?」

「ウォン!」

「いい子ね。ありがとう。よろしくね」

私が思い切りリュコスを撫でると、リュコスはそのしっぽをブンブンと振る。

待っていてもらうのは忍びないけれど、連れて行くわけにもいかない。

私は最後にぎゅっとリュコスを抱きしめた後、騎士達の後ろをついていく。

遠く離れていく我が家を、何度も振り返りながら、私は絶対にここに戻ってくるとそう思い、足を進めて行ったのであった。

それから、私達は数日間かけてルーダ王国へと向かった。

人目につかないように移動がされているのだろう。

だからこそ余計に時間がかかっているように感じた。

そしていよいよルーダ王国が近くなってきた時、私は心臓が煩《うるさ》くなるのを感じた。

またあそこへ帰るのか、そう思い王城を見上げ、私は吐き気が込み上げてくる。

怖い。怖い。怖い。

そう思った時であった。

持っていたカバンの中からレイス様の温《ぬく》もりが伝わってきた。

その温かさに、私は少しだけ緊張が和らぎ、ゆっくりと深呼吸を繰り返した。

大丈夫だ。

この後何が起こるのかは分からないけれど、レイス様が一緒にいてくれるならば安心だとそう思えた。

まるで精神安定剤のようだなと、自嘲気味に笑ってしまう。

「ミラ様……本当にありがとうございます」

「自分達が助かるのはミラ様のおかげです」

この数日間、騎士達は私にとても真摯に接してくれた。

だけれど、私は騎士が傍《そば》に来るだけでぞわりと背筋に鳥肌が立ち、気分が悪くなってくる。

それと気になることがあった。

おそらく騎士達は国王陛下ではなくローゼウス殿下の指示で動いている。

国王陛下は命令が遂行できないからといって、騎士を処罰するような人ではない。

元々はローゼウス殿下もそんな人ではなかった。けれど、殿下はオリビアに出会い変わってしまったのだ。

そして王城の門の方へと向かうのかと思いきや、騎士達に連れていかれたのは、薄暗い通路の入り口であり、私は足を止めた。

「ここが隠し通路の入り口です」

「ここからお連れするようにとの命を受けております」

私はその言葉を聞き、本当についていっても大丈夫なのだろうかと不安になる。

「ねぇ……私は、正規のルートで、国王陛下に直接お目通りを願いたいわ。私を陛下も捜しているのであれば、正門からでも問題はないでしょう？」

そう告げると、騎士達は顔を見合わせた後に少し考える。

「そうですか……ローゼウス殿下に、もしミラ様を発見した時には直接執務室に隠し通路を使い連れてくるようにと命じられているのですが……」

「だが確かに、現在国王陛下専属騎士達もミラ様を捜していると聞く。国王陛下の方へと連れて行った方がいいのでは？」

「どうだろうか……」

意見がまとまらず、騎士達からも迷っている雰囲気が伝わって来る。

ただ、今の言葉でやはり指示したのがローゼウス殿下であると明確になった。

私がもう一押しだと思った時。

「あれ～？　もしかして、お姉様？」

背後から、オリビアの声が聞こえ、慌てて振り返る。

「……オリビア」

「やっぱり！　ふふふ！　見つかったのね！　良かったぁ。でもすごくいいタイミングね。私はこの通路からいつも町にお忍びで買い物に行くのよ。今日もたーくさん買い物してきたところ」

後ろに控えている侍女達はたくさんの荷物を抱えている。

「……どうしてこんなところから……？」

「え？　だって皆口うるさいんだもの。聖女だからって質素倹約なんて絶対に嫌。内緒にしておけばやっていないのと一緒でしょ？」

「……」

私が一歩後ろへと後ずさった時であった。

騎士達に向かってオリビアが言った。

「お姉様が逃げないように捕まえておきなさい。さぁ、ローゼウス様の所へ行くわよ」

「「はい」」

先ほどまでは私の意見を聞こうとしていた騎士達が、はっきりとそう言う。

一体何があったのだろうかと思い騎士達に視線を向けると、先ほどまでの生気は消え失《う》せ、まるで人形のように私の腕を掴《つか》むと歩き始めた。

「ねぇ、離して！」

そう言うけれど、騎士達は答えない。

ぞっとした。

これは一体どうなっているのであろうか。

私は自分に起きている何かが理解できず、ただただ恐怖が胸の中に広がっていった。

連れていかれた先は、ローゼウス殿下の執務室であり、隠し通路の扉から私達はそこへと入った。

久しぶりのローゼウス殿下の執務室。

体調が良い日に、ローゼウス殿下は少しでも国王陛下の力になりたいと執務に取り組んでいた。

香水の香りと、インクの匂いがそのことを思い出させる。

ただ、部屋の中にローゼウス殿下はおらず、オリビアは私を椅子に座らせると、騎士達に命じた。

「ご苦労様。後は部屋に戻りなさい。貴方達が連れてきてくれたことはちゃんとローゼウス殿下に伝えておくわ」

「「「かしこまりました」」」

この数日間、私に丁寧に接してきてくれたはずの騎士達が、私のことなど一切気にせずに部屋から出て行ってしまう。

一体何だったのだろうかと思っていると、オリビアは笑みを浮かべた。

「どうしたの？　お姉様」

「貴女……何をしたの？」

絶対に何かがおかしい。そう思い尋ねると、オリビアは小首をかしげてからケラケラと今度は笑い声をたてる。

「何を言っているの？　私のことを知れば、皆私を愛してくれるの。当たり前でしょう？　だって私は聖女だもの」

「え？……聖女の力だと言いたいの？」

眉間にしわを寄せてそう尋ねると、オリビアはうなずく。

「そうよ。私のことを知れば、皆私のことを好きになるの。だって聖女だもの。先ほどの騎士達はローゼウス殿下の騎士よ。私に忠誠を誓っている。だから私の言うことはなんでも聞くのよ。私のこの聖女の力が効かないのはお姉様くらいね。どうしてなのかは分からないけれど、昔からそう」

その言葉に私はぞっとした。

先ほどの騎士達は忠誠ではなくまるで操られているかのようだった。

「騎士達に何をしたの？　だって、さっきまでは普通だったのに」

「え？　うーん。まぁ、私もよくはわからないのだけれどね？」

「よく……わからない？」

「えぇ。だって聖女の力だもの。未知なことも多いわ！　でも私の輝かしい力には間違いないでしょう!?」

「一体いつから……その力が使えたの？」

「え？　昔からよ？　幼いころからみーんな、私の言うことを聞いてくれたわ」

「でも、私は……」

「そう。なんでかお姉様だけ効かなかったのよね。うーん。ちゃんと目を合わせて、力を使っていなかったからかしら。お姉様、こっちを見て。聖女として認められた今だったら、使えるかもしれないわ」

それは果たして本当に聖女の力なのだろうか。

私は小さく息を整え、情報を集め、今の状況を明確にしなければと思った。

オリビア本人すらも現状を把握していないのだと思う。

だからこそ、問題がややこしくなっている。

今まさにオリビアは私にその力を使おうとしているのだろう。だけれど、私からしてみれば別段なんともない。

だけれど、いいチャンスだと思った。

顔に笑顔を張り付けて、私はオリビアに頭を下げた。

「さすが聖女様でございます。御見《おみ》それいたしました」

「まぁ！　お姉様が私を敬うなんて！　やっぱりやり方が悪かったのね」

「私は今までどうしてその力の尊さに気付かなかったのでしょうか。どうか、貴女様《あなたさま》のその力について、ご教授ください」

「ふふふ！　いいわよ！　お姉様には今後働いてもらうつもりだし、そうこなくっちゃね！」

笑顔のままオリビアの言葉を待っていると、嬉しそうに話し始めた。

「私は聖女だから、私がその瞳をじっと見つめてお願いをすれば、その人の心が手に入るの。皆が私を愛して、だから、私の為ならば命令を聞いてくれるようになるの。ほら、ローゼウス殿下もそうでしょう？　私が元気になれと命令すれば元気になるし、男らしくと命令すれば、性格も変わるわ」

にこにこと楽しそうにオリビアは言葉を続ける。

「ローゼウス殿下。本当に素敵よねぇ。私の好みに変わってくれたし。でも……妃教育《きさききょういく》面倒くさくって。だから、お姉様に妃の仕事はしてもらおうと思っているの」

「……どういう意味でございますか？」

「私の影武者ね！　ふふふ。お願い聞いてくれるでしょう？」

オリビアの瞳が、きらめいたように見えた。

私はすっと瞼《まぶた》を自然に見えるように伏せると頭を下げる。

「かしこまりました。もちろん。聖女様の御心《みこころ》に従います」

「わぁい！　よかったぁ。はぁ。もうちょっと早くお姉様が言うことを聞くようになっていたら追放なんて面倒くさいことしなくてすんだのにね。でも、顔が焼かれたのは正解よ。私、お姉様の顔大嫌いだったの」

その言葉に、私は気づかれないように拳を握り締める。

「ローゼウス殿下にお願いしたら、ちゃんと焼いてくれて良かったわ。片側にしてあげたのは私の慈悲よ。感謝してね？　ふふふ。それに……その方が、美しかったころのことを思い出せていいでしょう？」

はらわたが煮えくり返る思いとはこういうことを言うのだなと、私はそう思いながらも、感情を表に出さないように気を引き締める。

今のオリビアの言葉である程度のからくりが分かった。

やはり、オリビアの力は聖女の癒しの力ではなく、レイス様が言っていたように、操作系の能力者の可能性が高い。

おそらくオリビアは相手の人間の目を見て話をすることでその心を操る、洗脳の能力をもっているのではないだろうか。

そう考えればすべての辻褄《つじつま》が合う。

何と恐ろしいことだろうか。

先ほどの言葉からしてまだ国王陛下の洗脳は行われていないのだろう。だが、騎士といいローゼウス殿下といい、誰が洗脳されているのかは定かではない。

どうにかしなければ。

このままではルーダ王国はオリビアの思いのままになってしまう。

そう思った時であった。

扉が開き、部屋に入って来たのは青白い顔をしたローゼウス殿下であった。

血色の悪い顔色。唇は色を失っており、目の下には隈が出来ている。

私はローゼウス殿下の様子をじっと見つめていた。

明らかに体調は以前よりも悪化しているのが分かる。

そんなローゼウス殿下は私が見えていないのだろうか。オリビアの目の前へと一心に向かうと、縋《すが》るようにその目の前に跪き、オリビアの手を取った。

「あぁ……愛しいオリビア。私に元気を分けておくれ」

元々体が強くなく、すぐに病気にかかる体、そして満足に食べ物が食べられない。

薬をどれくらいの間飲んでいないのだろうかと思い、私は自嘲気味に笑みを浮かべた。

私のことを捨てた男のことだというのに、心配している自分の心に嫌気が差す。

憎いと思い、裏切った人に対して嫌悪しているというのに、心の中でまるでそれが当たり前のように体調を気遣おうとする自分がいるのだ。

「あら、今回は早かったですね。いいですよ。さぁ、深呼吸をして。私をちゃんと見て。ふふふ。大丈夫。ローゼウス様は勇敢で男らしい、素敵な王子様です。さぁ、元気を出して」

そう言った瞬間、ローゼウス様の顔色が一瞬で変わり始めた。

私はそれをじっと見つめながら一つ一つを目で確認していく。

ローゼウス殿下は嬉しそうに微笑《ほほえ》むと、オリビアの瞳に軽くキスを落とし、そして嬉しそうな顔で言った。

「君のおかげで、私は元気でいられる。ありがとう」

「うふふ。そう言ってもらえて嬉しいです。ローゼウス殿下。ほら見て。ミラお姉様が見つかったのです。これで問題解決ですわ」

「ん？　本当か！　良かった。これでうまくいくな」

私を見たローゼウス殿下は、私の知っているローゼウス殿下ではないのだろう。

操られているのか、それとも……。どちらにしても、私はもうこの人の下に戻るつもりはない。

だけれど、今はオリビアに従順になっていると思わせる方が得策だなと思い、頭を下げる。

「王国の太陽である王子殿下にご挨拶申し上げます。聖女様と王子殿下におかれましては罪人の私に、寛大にご配慮いただき、恐悦至極にございます。私は聖女様のご命令になんなりと従う所存です」

やりすぎかと思うくらいに下手に出ると、オリビアは嬉しそうにきゃっきゃと声を上げながら言った。

「お姉様、ちゃんと私のお願いを聞いてくれるようになったの。だから、お姉様には皆の前で罪を認めさせ、その上で、私の為に働くようにするのはどうかなって思っているの」

「ふむ。なるほど……ふっ。ちゃんと罪人として反省したようだな。たしかにそれならば父上も納得するかもしれないな。未だに、この女を擁護することを言うからな」

「えぇ！　本当に嫌になっちゃう。でも前にローゼウス殿下が言っていたみたいに、ミラお姉様がちゃんと自分の罪を自白すれば、問題ないでしょう？　冤罪《えんざい》だなんだのって国王陛下からは怒られたけれど……それも挽回《ばんかい》できるわね！」

「あぁ。いい考えだ。さすがはオリビアだな」

そのやり取りを見つめながら、なるほどと私は思う。

こんなバカげた計画でも、オリビアがしたいと言えばそれに全面的に賛同する。つまり、オリビアに逆らわず意見しないようになっているのだろう。

恐ろしいなと思いながら、私は笑みを顔に貼り付ける。

「聖女様の御心のままに、命じられたとおりに行います」

そう言うと、ローゼウス殿下もオリビアも満足そうにうなずく。

それから二人は、二人きりになりたかったのだろう、私に隣の部屋で大人しくしているように命じる。

私は言われたように、部屋の中にある内扉から隣の部屋へと移動し、そこで小さな声でレイス様に話しかけた。

「聞いていましたか?」

「あぁ……大丈夫か? すぐにでも逃げた方がいいのでは?」

「……そう、ですね……」

「誰が敵で誰が味方かは分からん状況だが、少なくともルーダ王国の国王は信頼に足る人だろう」

「私も国王陛下にお目通り願うのが一番かと思います」

「あぁ。……ミラ嬢、本当に、大丈夫か?」

私のことを心配そうに見つめてくるレイス様。

一人だったら、多分、私は今ここにいることさえ無理だっただろう。

そっと私はレイス様を抱き上げぎゅっと抱きしめる。

「えぇ。大丈夫」

「ミラ嬢……」

レイス様がこちらの様子を窺うように呟《つぶや》いた時であった。

隣の部屋に誰かが入ってくる音がする。

誰が来たのだろうかと思い、聞き耳を立てていると、声が聞こえてきた。

「ローゼウス殿下こちらにいらっしゃいますか?」

「あぁ！　ヴィクター！　お前にだけは話をしておくが、行方不明であった罪人ミラが見つかった」

オリビアはそれに楽しそうに言った。

「明日の舞踏会に参加させ、そこで自分の罪を自白させる予定ですの。ふふふ。まだ内緒ですわよ」

ヴィクター様は二人に協力をしているのかと思っていると、内扉がノックされた。

レイス様は元の場所に隠れ、私は慌てて椅子に座り姿勢を正し動きを止めていると、扉が開いた。

「……なるほど。私も少し彼女と話をしてもよろしいですか？」

ヴィクター様の言葉に、オリビアが私に言った。

「ええ、もちろん。お姉様、ちゃんと自分の罪を自白してちょうだい」

つまり、余計なことは喋《しゃべ》らずに、自分の罪をヴィクター様に伝えろということである。

私が笑顔でうなずくと、扉が閉められる。

「……くそ……先手を取られたか……」

私が顔に笑みを貼り付けたままでいると、それをじっと見つめながらヴィクター様は小さく息をつき、呟いた。

「申し訳ございません……僕が不甲斐《ふがい》ないばかりに……必ず、必ず洗脳を解く手段を見つけてみせます。それまで……お待ちください」

予想外のその言葉に、私は信じても良いものかと頭の中で考える。

だけれど、頭を下げるヴィクター様が嘘をついているようには見えず、そしてとある可能性が私の中で生まれた。

今は王城内に協力者が欲しいという思いもあった。

だから、私は賭けに出ることにした。

「……それは、アレクリード王国の王子を動物に変えたことと、関係がありますか」

笑みを消しヴィクター様を見ると、ヴィクター様は驚いた表情を浮かべたまま固まっていた。

「い、今、なんと……あ、少々お待ちください。場所を移してもかまいませんか?」

「えぇ。もちろん」

ヴィクター様は立ちあがると、隣部屋へと一度戻り、オリビアとローゼウス殿下に何か話をして戻って来た。

「隠し通路を通って移動します。二人には、見つかったらまずいので隠し部屋にミラ嬢を移動させると伝えてあります。ついて来て下さい」

王族に割り当てられた部屋には、有事に備えて多くの隠し通路があると聞いたことがあった。私が最初にオリビアと通って来た通路もその一つだ。

まさか私がこのような形で利用することになるとは思ってもみなかった。

私はうなずくと、部屋にあった隠し扉を通って、長い階段を下りていく。

中は薄暗いけれど、足元はどうにか見えるので歩いていける。

湿っぽく埃《ほこり》っぽい空気に、私は本当に大丈夫だろうかと不安が過《よぎ》る。

しばらく歩いた先にて、石像の前でヴィクター様は足を止めると、石像を動かす。すると扉が開き、中におそるおそる入るとそこは明るい部屋であった。

窓の方へと視線を向けると、庭が目に入る。

ヴィクター様はカーテンを閉めると大きく息をついてから言った。

「……ここは、王城の庭にある別館の一室です。ちょっと待ってください。……本当に、洗脳されていないんですよね？」

「はい。されていませんわ」

「どうして!? 初めての事例です……なるほど……だが、これでどうして貴女が追放されたのかの理解が出来ました」

「あの……いつオリビアの力について知ったのですか？」

その言葉に、ヴィクター様はしばらく黙り、それからソファへと私を促す。

「座って話をしましょう」

「その前に確認させて。貴方を味方だと思ってもいいの？」

「えぇ。もちろんです」

ヴィクター様は力強くうなずくと、その後、両手で顔を覆い、それからゆっくりと息を吐いていく。

「すみません……実は、突然のことに混乱していて……ははは。やっと、やっと僕の意見を証明できる人が現れた」

「証明？」

顔をあげるとヴィクター様はうなずく。眼鏡を取ると、厚底眼鏡の下からは思っていたよりも幼い可愛らしい顔の青年が姿を現した。

青みがかった長い前髪を掻《か》き上げ、藍色の瞳で私のことをじっと見ると、ヴィクター様は微笑みを浮かべる。

「僕、オリビア嬢と婚約してから何回も、何回も、彼女はおかしいって伝えていたんです。でも、誰も信じてくれなかった。しかも確かめるって言った仲間は皆洗脳されていって……だから、出来るだけ被害を最小限にするためにこれまで行動してきたんです」

一体いつからヴィクター様は気づいていたのだろうか。

私は傍に居たのにもかかわらず、オリビアの能力に気づいてもいなかった。

これまでどのような苦労があったのだろうかとも思うが、まず、確認しなければならないことがある。

「アレクリード王国の王子を動物に変えたのは、ヴィクター様ですか？」

ここを確認しなければ先へは進めないと思いそう口を開くと、ヴィクター様は一瞬動きを止めたのちにうなずいた。

「その通りです……僕が、アレクリード王国の王子レイス殿を動物に変えました……。ですが、何故、ミラ様がそのことを？」

「どうして知っているかの前に、その理由を聞いてもいいですか？」

「えぇ。実はあの日……オリビア様が……レイス殿を洗脳しようと画策していたのです。まぁ……本人としては洗脳というよりも恋に落ちさせる……という考えでしょうが。獣化の呪いは未《ま》だ不完全なものです。ですが……ああしなければ恐らく隣国にまでオリビア様の脅威が……それは何としても食い止めなければと思いました。本当はレイス殿を保護する手はずだったのですが……オリビア様の邪魔が入りうまくいかず……レイス殿には本当に申し訳ないことをしました……」

悔やんでいるのだろう。

拳をぎゅっと握りうつむく姿に、私が持っていたカバンをトントンと撫でると、レイス様がぴょこんと姿を現した。

「謝るならば、この呪いを解いてほしい」

突然カバンからレイス様が現れたことに、ヴィクター様は目を丸くして固まる。

「ま、まさか」

「どうやって私に獣化の呪いをかけたのだ？」

「え……えっと、オリビア様に会う前に、侍女に命じて、獣化する薬を……飲み物に入れてもらっ

たのです」

「はぁぁ。なるほどなぁ」

「も、申し訳ありませんでした。ですが……ですが、ご無事でよかった。本当に……良かった……もしかしたら、他の獣に襲われたり……どこかで事故にあったのではないかと……下手をすれば命を落としてしまっているのではないかと……怖くて、僕は、恐ろしいことをしてしまったと……」

ヴィクター様は唇をわなわなと震わせ、そしてうつむくと涙をぼたぼたと流し始めた。

私とレイス様はその姿に小さく息をつく。

「話をしてくれたら……いや、国の重要事項だ。容易《たやす》くは話せないな」

「申し訳ありませんでした……味方は誰もおらず、誰も信じられなくて……方法も思いつかなくて……僕は、なんていうことを……」

未だに涙をぼたぼたと流している姿に、レイス様はため息をこぼす。

「わかったわかった。とにかく、解呪薬はあるのか？　容易く男が泣くな」

「あ、あります！　すぐに家に帰り持ってきます！」

がばりと勢いよく立ち上がるヴィクター様に、レイス様は冷静な口調で言った。

「あるのが分かればいい。とにかく、それよりも先にミラ嬢を安全な場所へと連れて行ってもらえないだろうか」

その言葉に、私は肩をすくめる。

「嫌よ」

「ミラ嬢！」

私は笑みを浮かべると二人に向かって言った。

「私だけが安全な場所に隠れているなんて、絶対に嫌」

レイス様の想《おも》いは分かるけれど、自分だけが蚊帳の外など絶対に嫌だったのだ。

「ヴィクター様。気になることがあるわ。いくつか質問しても？」

「え？　えぇ」

「オリビアの能力についていつ知ったの？」

「婚約をしてしばらくしてからです。僕の周囲にいた人が、次々にオリビア様に心酔していって、気づけばオリビア様の言うことをなんでも聞くんです。それでおかしいなと思って、父に相談しました。すると少しオリビア様と喋っただけで父もオリビア様にのめりこみました。父は厳格な人です。女性だろうと男性だろうと公平。そんな父の異変は僕にとって衝撃でした。それから僕はオリビア様を観察するようになり、そして、気づいたんです」

「ヴィクター様が洗脳されなかったのは何故？」

「この眼鏡のせいだと思います。最初はオリビア様と会うのが恥ずかしくて、それでこれをかけていたのですが……このおかげで洗脳を防げました。そこからある程度の仮説を立てて、試したのです。オリビア様と同じ空間にいること、視線が一度でも合うこと。そうしたことが発動条件のようです」

そのことを聞き、私は眉間にしわを寄せる。

「どうして、私は効かなかったのかしら……」

「可能性ではありますが、姉妹で血が繋《つな》がっていることで、少なからずミラ様にもその力があるのでは……もしくは、ミラ様がこれまで触れてきた薬草の中にオリビア様の力を防ぐ効力のあるものがあったか……これについては実験をしてみないとわかりませんね」

「そう……ね」

「えぇ……今でこそ、やっと少しずつ僕の言っていることが信じてもらえ始めて、国王陛下にもその可能性を考えてオリビア様とは面会しないでほしいとお願いをしているのです。これ以上洗脳が広がらない為にオリビア様には理由をいくつかつけて、他者と会う時にはベールをつけてもらっています。はぁ……ずっと洗脳をどう証明すべきか悩んでいたんです」

先ほどの証明とはそのことだったのかと思う。

「……ミラ様の言葉であれば、きっと国王陛下も耳を傾けてくださいます。これまでもミラ様の行方を国王陛下は大層心配しておられました」

「陛下が……」

「はい」

私はしばらく考え込むと、証明の方法について考える。

証明とは言ったが、死去したと言われている女が突然現れてそれを証明してみせたとして、信じてもらえるものなのだろうか。

一番確実な証明とは、どのようにすべきなのだろうか。

「……洗脳を解く方法は……ないものかしら」

「……」

ヴィクター様は、その言葉に一度動きを止める。

「ヴィクター様？」

「……一つ心当たりがあります」

「それは？」

「ミラ様が追放された後、ローゼウス殿下の体調が悪化された時、どうしてもオリビア様がすぐにこれない時があったのです。その時、本当にローゼウス殿下の容体が悪く、医師がとある薬を飲ませたのです。すると、その時、一瞬ローゼウス殿下が正気に戻ったような気がしました……」

「気がしたとは？」

「悲鳴を上げ、オリビア様を呼ばれました。ですがその時、僕は確かに聞いたのです。ローゼウス殿下がミラ様に謝っている声を、自分はなんという過ちを犯したのだと叫んでいる声を……」

一呼吸おき、ヴィクター様は言った。

「私は、現在王城にて国王陛下の下で働いております。ですからその時も、国王陛下に報告するためにローゼウス殿下の容態を見守っていたのです。後ほど医師に確認を取ったところ、飲ませた薬はミラ様の調合したものだと、誰にも言わないでくれと言いながらも話してくれました」

「……私の薬……」

「はい」

しばらくの間私はじっと考え、それから顔をあげる。

「ローゼウス殿下は……オリビアの力で、体調が良くなっているわけでは……ないのですよね？」

「はい。おそらく一時的に洗脳で抑えつけているだけではないかと思います。なので、オリビア様の洗脳が弱くなると、顔色は真っ青になり、息も上がり、今にも倒れてしまいそうです」

「……なるほど。では、こういうのはどうでしょうか」

私は、覚悟を決めて二人に向かって自分の考えを話し始める。

「国王陛下にまず、会わせてください。そこで、私は自分が無実であることをお伝えします。そしてその上で、陛下にローゼウス殿下をオリビアから引き離すよう命じていただきます。オリビアには気づかれないように引き離したら、私がローゼウス殿下に薬を飲ませ治療を試みます」

そう告げると、ヴィクター様は大きくうなずく。

「そうですね。……ミラ様が薬を作れば！　それで殿下を治療して下されば！　解決に向かうかもしれません！」

私もうなずき返そうとした時、柔らかな、ふわふわのレイス様の前足が、私の手の上にぽんっと置かれた。

視線を下げると、私の横にいたレイス様と視線が重なる。

その瞳には、心配の色が浮かんでいた。

「……ミラ嬢」

一言名前が呼ばれ、私は、心の底にある、人が怖いという思いが溢《あふ》れ出てしまいそうだった。

今でさえ、本当はヴィクター様と喋っているだけで、ずっと体が震えそうになっている。

本当の私は、人が今でも怖いし信じられない。

私の心の中は、あの日、顔を焼かれた日から止まってしまっていたから。

だけれど、レイス様と出会って、レイス様だけは……大丈夫だと、そう思えた。

何故なのだろう。可愛らしいうさぎだからなのだろうか。

最初はそうだった。

可愛くて、ふわふわしていて、私を傷つけない。

だけれど次第にそれは、見た目がうさぎだからという理由ではなく、この人は私を傷つけない、そういう思いに変わっていった。

レイス様が傍に居てくれるなら、私は頑張れる。

そっとレイス様の前足を取り、私は笑みを向ける。

「大丈夫よ。レイス様が一緒にいてくれるから、だから、大丈夫なの。ありがとう」

「無理はしないように。ミラ嬢がキツそうであれば、強制的に止めるからな」

「ふふふ。過保護ねぇ」

「あぁ。私は、君を大事にしたいんだ」

言葉の一つ一つが、私に勇気をくれる。

「……っ……」

軽口で返そうと思ったのに、そう、出来なかった。

誰からも大切にされなかった私のことを、本気で心配して、本気で大事にしてくれようとする人。

私は呼吸を整えると、泣きそうになるのをぐっと堪えて言った。

「ありがとう」

それが精一杯だった。

一度、息をつき、私は自分の顔を手で覆う。

ここで、立ち止まるわけにもくじけるわけにもいかない。

怖いけれど、レイス様が共にいてくれるから私は恐怖に立ち向かう決意が出来た。

「大丈夫です。この一件、絶対にやり遂げてみせます」

その後、ヴィクター様と話を詰め、おおよその流れが決まった時であった。

レイス様が耳をぴくぴくと動かす。

「誰か来るぞ」

その言葉に、ヴィクター様は慌てて眼鏡をかけ、レイス様はクローゼットに隠れた。

私は深呼吸をして顔に笑みを貼り付けたのであった。

「はぁ。ここまで案外遠いのよね。ヴィクター様。面倒なのだけれど……」

隠し扉から現れたオリビアがそう言うと、ヴィクター様は立ちあがり恭しく頭を下げて謝罪する。

「申し訳ございません。ですが、こちらの方が良いかと。執務室の横ですと、他の方々も来る可能性がありますので」

「まぁ、そうね……ふふふ。お姉様のお披露目は盛大にしたいから、しばらくは秘密にしましょ。今、ローゼウス殿下ともお話ししてきたわ。舞踏会で、お姉様のお披露目式してあげるわね」

その言葉に、ヴィクター様が驚いた顔で言った。

「お披露目式ですか？」

「えぇ！　お姉様を披露する手はずも考えたわ！　お姉様にはね、舞踏会に参加してもらって、そこで自分の罪を告白した上で、償いたいと私の下に来たという話をしてもらうの！　ね？　お姉様！」

私は笑みを貼り付けた笑顔のままうなずいた。

「もちろんです。私の罪を告白し、聖女様にお仕えいたします」

「ふふふ！　あぁ気分がいいわ。私、ずーっとお姉様が大嫌いだったけれど、今では大好きよ。お姉様。惨めな姿がとっても素敵」

我が妹ながら恐ろしいなと思う。

聖女という存在は清らかな癒しを与える乙女というイメージがあった。

だけれど、今目の前にいるオリビアは、聖女などでは決してない。

「オリビア様は、神殿に選ばれた聖女様です。私の罪を許して下さる寛大さに、感謝いたします」

神殿は、今どのような状況にあるのだろうか。

何か聞き出せないかと思いそう口にすると、オリビアが嬉しそうに笑い声をあげた。

「あぁ……神殿ね」

くすくすと笑いながらオリビアは楽しそうに、話をしてくれる。

「あぁ、あの時、本当に気持ちが良かったわ。それにしっくりも来た。あぁ、私が聖女だから、皆私のことを好きになってくれるのねって。昔はちょっと不思議だったのよね。お姉様にも見せてあげたかった。神官長様と副神官長様が聖女という私を見つける瞬間を！　あぁ。あれがもっと公の場であったり、国王陛下がその場にいたならばもっと気持ちよかったのでしょうけれどね！」

オリビアは、自分を聖女だと信じて疑わない。

そして自分の能力が洗脳だとは、おそらく思っていないのだろう。

会話をしていてそれをひしひしと感じる。

「そうなのですね。さすがは神官長様。聖女様をすぐに見つけたのですね」

「えぇ。あの日は王城の庭に散歩に来ていたのだけれど、そこを神官長様が通りかかってね、私と目が合ったの。不思議よね。目が合った瞬間、神官長様は真っすぐに私の方へと歩いてこられたのよ……そして聖女と私を呼んだ。ふふふ。今思い出しても最高！」

一瞬、目が合っただけで。

ぞっとする言葉であった。

「さすがは聖女様でございます」

私は頭を下げると、嬉しそうにオリビアは私の頭をくしゃくしゃと撫でた。それから、私の顎を摑むと顔を上げさせ、楽しそうに笑う。

「あぁ。無様」

笑みを貼り付けた私のことを見つめる。

「この焼き痕を付けた時も最高だったわねぇ。痛かった？」

「いいえ。私の罪ですので、当たり前のことです」

「あはは！　そうよねぇ。醜い顔。さて、貴女の衣装も注文しておいてあげるわ。罪人にぴったりの黒いドレスをね。ヴィクター様。それまでこの人の世話をよろしくね」

「はい。かしこまりました」

「もう。ヴィクター様ってば、私のことが大好きで、今では私の侍従みたいなこともやってくれてすごく助かるわ！　ありがとうね！」

「いいえ。滅相もありません」

「それじゃあ頼んだわよ」

そう言うと、オリビアは部屋を出て行き、私は大きくため息をついた。

レイス様はぴょんぴょこと駆けてくると、心配そうに私の顔を覗き込む。

「大丈夫か？」

「えぇ。もちろん。吐き気はするけど……でも、大丈夫。その代わり、ちょっとぎゅっとさせてちょうだい」

「ん？　あ、あぁ。それくらいなら」

「ありがとう」

私は、先ほどオリビアに触れられて波立った気持ちを落ち着けるためにレイス様をぎゅっと抱きしめる。

それから先ほど気になったことを尋ねた。

「ヴィクター様、侍従みたいにこき使われているの？」

その言葉にヴィクター様は眉間にしわを寄せてうなずいた。

「はい。国王陛下の命に従っていましたら、いつの間にか……ですが、あちらの様子も見たかったので丁度よかったんです……」

「なるほどね」

「あの、ずっと気になっていたのですが、その……お二人はどういうふうに出会われたのですか？

そして、その、今のご関係は？」

おそるおそるといった様子でそう尋ねられ、私はふっと笑う。

「関係？　何かしら。呪いを解く魔女とうさぎの関係ってなんて言うべき？」

視線をレイス様に向けると、くちがもごもごと動く。

「いや……まぁ……その」

だけれどレイス様にかぶせるように、ヴィクター様が口を開いた。

「呪いを解く!?　まさか、ミラ様はその方面にも見識があるのですか!?」

「えぇ。以前、獣化の呪いについて閲覧制限のあるロベルト家の書籍と、解呪の仕方の本も読んだことがあるわ。それを利用してレイス様の呪いを解く手伝いをしているの」

「な、なるほど……えっと、ですが、解呪薬の精製は難易度が高いはずですが……」

「そうね」

「はぁ……さすがは博雅姫……我が家は獣化の呪いについて長らく研究していますが、調合の仕方によっても効果にばらつきはあり、今回レイス殿に飲ませてしまったのは僕が作った試作品で……」

そう呟いたあと、ハッとしたようにレイス様を見て言った。

「で、でも用意してある解呪薬は試作品に合わせたものですから！」

「あぁ……そうか」

少しばかり不機嫌そうなレイス様の頭を撫でながら私は呟く。

「拾った当初は可愛いうさぎさんを抱っこしたいという思いの方が強かったけれど、今ではレイス様を完璧に元の姿に戻してあげたいと、そう、願っているの」

たとえそれで、私の傍からレイス様がいなくなるとしても。

レイス様をぎゅっと抱きしめると、呻《うめ》くようにレイス様が口を開いた。

「うぅ。女性に可愛い可愛い言われるのは、なんとも言えない。私はかっこいいと言われたいのだ」

「あら。でもレイス様は人間姿も可愛いわよ」

「え!?」

ヴィクター様は声を上げた。

「ま、まさかもうすでに解呪薬を服用し始めているのですか?」

「えぇ。服用し始めて二週間が経つから、後少しで完全に戻れると思うの」

「すごい……確かに本には載っていますが、実際に作るのは本当に大変な作業なのに……」

そうかしらと私は思う。

材料は森で揃《そろ》えられるし、薬を作ること自体も順番と材料と作り方さえしっかりと覚えていれば大変なことではない。

以前、ローゼウス殿下の薬を調合するにあたり、どこかにヒントがないかと読み漁《あさ》っていたからこそ覚えていた。

それが功を奏したのだ。

「さて、話を戻しましょう。私は舞踏会で披露されるようだから、すぐにでも決行した方がよさそうよ」

「はい。では、国王陛下の下へと行きましょう」

「えぇ」

「ミラ嬢。私のことも国王陛下に伝えてほしい。あと、出来れば国に無事だと手紙を送りたい」

「それはそうよね。分かったわ」

私達は急ぎ、隠し通路を使って国王陛下の下へと向かったのであった。

第六章　真実

隠し通路を使い、謁見の間の隣の部屋へと到着した私達《たち》は、そこで待機をする。

ヴィクター様は一人部屋を出ていくと、先に知らせに向かった。

部屋にいるのは、私とレイス様だけである。

私は、ゆっくりと大きく息を吐き、それからレイス様をぎゅっと抱きしめた。

こうやっていると、温かくてほっとする。

おそらく私が緊張していることが伝わっているのだろう。レイス様はじっとしており、それから呟《つぶや》いた。

「抱きしめられるのではなく、本当は人間の姿に戻り、君を抱きしめたい」

その言葉に、私は驚き視線をレイス様に向けると、彼は私を見上げると言った。

「我慢しないでいいんだぞ。無理する必要だってない。本当は逃げてもいいんだ」

心配してくれるその声に、私は苦笑を浮かべる。

「優しいわねぇ」

「……君が大事なんだ」

そう告げられ、私はもう一度ぎゅっと抱きしめて言った。

「けれど、けじめはつけなくちゃ。オリビアをこのままにしたら、もっと酷《ひど》いことになりそうだし。それに……私もこのままじゃいや。これまで……不思議だったわ。どうしてオリビアばかり可愛《かわい》がられるのかしらって思ったこともあった。でも私は、私に出来ることを頑張るしかないって思っていた」

自分のやるべきことを、続けていれば、きっといつか認めてもらえる。

そう信じていたのだ。

「でも……結局私は、切り捨てられた。オリビアに洗脳の力があったからというのはただの一つの要因でしかなくて、きっと……私は切り捨てられる程度の人間だったのよ。私は人間になんてもう期待しないいし、近寄りたくもない。でも……」

一呼吸おいてから、私は言った。

「ちょっとだけ、欲が出たの。だから、ちゃんと決着をつけた上で、私は自由になりたいの。この傷を見る度に、罪人になったような気持だった。だからこそしっかりと自分の無実をちゃんと証明したいの」

罪人と一緒にいたというだけで、もしかしたら貴方《あなた》の名に傷がついてしまうかもしれないから。

こんなことを思っているなんてバカよね。

「そうか。分かった。私も協力する」

「ありがとう」

そう答えた時、ヴィクター様が部屋へと帰って来た。

「国王陛下との謁見の許可が取れました。あと、レイス様の薬についても今、信頼している者に取りに行ってもらっています」

「ありがとう」

私はレイス様を抱き上げると立ち上がった。

「では行きましょう」

ヴィクター様にそう促され、私達は隣の謁見の間へと移り、国王陛下の到着を待つ。

「レイス殿の件についてもすでに伝えてあります。僕も、処分はしっかりと受けます」

「……まぁ、たしかに命の危険にはさらされたが、だがまぁ、私が洗脳を受けなかったのは、そなたのおかげともいえるからな。重い処罰は望んでいない」

「レイス殿……」

その時、国王陛下が現れると頭を下げる私の前まで歩いてきた。

「面を……あげよ」

「はい。国王陛下におかれましては……」

挨拶をしようと顔をあげた瞬間、国王陛下が私のことをじっと見つめて、そして大粒の涙を流し始めた。

この二年間で、ずいぶんと痩せて年を取った印象を持つ。

状況が状況だけに思考が追い付かず固まっていると、国王陛下は私の手を両手で包む。

「生きていて……くれたか……本当に、愚息が、申し訳ない……」

「国王陛下……」

「なんという、奇跡。あぁ。神に感謝する」

私が、生きて戻ってきたことを、喜んでくれているのかと、驚いた。

皆に見捨てられたと、そう思っていたから。

「陛下……」

それからしばらくの間陛下は泣き続け、そして涙を拭うと言った。

「すまない。……情けない姿を見せてしまった」

「いえ……」

「我が愚息が本当に申し訳なかった。ミラ嬢がこれまでどれほど息子に寄り添い、王国の為《ため》にと行動してくれていたかは分かっている。本当にすまなかった」

「勿体《もったい》なきお言葉でございます」

「すでにミラ嬢の冤罪《えんざい》については証明されている。ただ……ミラ嬢をいくら捜索しても見つからないことから……逝去したと伝えたのだ。本当にすまない」

「いえ……」

驚きが連続でやってくると思いながらも、私はちらりとヴィクター様へと視線を移す。それを感じ取り、国王陛下が言った。

「ヴィクターからおおよその報告は受けている。……冤罪については愚息が部下に罪を押し付けその者が処分を受けたことから、二人の罪を問えていない。……すまない」

国王陛下は私のことを信じて対処してくれたようだ。

王子と聖女の一大事、大事に出来なかった気持ちもわかる。

「また、ヴィクターから神官の話を聞きたいと聞いた。だから呼んである」

「神官様を？　ありがとうございます」

「あぁ。聖女の神託がどのようなものであったのか、気になっていたのであろう」

私がうなずくと、しばらくしてから部屋に神官が入ってくる。

「オリビア嬢と一度も接触をしていない、神託を聞いた神官の一人だ」

神官は青白い顔で私のことをちらりと見ると、更に顔色を青くしながら頭を下げた。

「国王陛下にご挨拶申し上げます」

「神託について正確に教えてほしい。機密事項だと、これまで口を開かなかったが……ここにミラ嬢が帰って来た。本当にオリビア嬢が聖女だというならば、彼女に罪をかぶせるなどそのように悍《おぞ》ましいことをするのだろうか。ここでも言わないのであれば、神殿と王国は対立すると考えよ」

その言葉に、神官は慌てたように呼吸を整えると、口を開いた。

「私はただの一神官にすぎません……私などが、恐れ多く……」

「神殿に下りた神託について教えてくれればいいのだ」

国王陛下の威圧的な声に、神官は震えあがると、小さな声で答えた。

「王国に混乱が訪れる。故に聖なる力を持った乙女が目覚めるだろう。聖なる乙女の選択により王国の未来は決まる。異質な能力をもつ偽物に惑わされることなかれ」

神官はそう言うと、青ざめた顔で言葉を続けた。

「も、申し訳ございません。神官長様も、副神官長様も、上層部の方々に意見を申し上げても聞いてもらえる状況ではなく……神殿内でも現在混乱が広がっており……」

もごもごとしゃべる神官に、国王陛下は静かに告げる。

「何故《なぜ》このようなことに。神殿は現在どうなっているのだ」

「……現在、聖女様関連より混乱が広がっております」

「はぁ。詳しくは後から聞く」

国王陛下はそう言うと、大きくため息をもらす。

「話し合いが必要だ。自由に発言しても良い。他の者もだ。それから……今回の事件に巻き込んでしまい、レイス殿には先に謝罪申し上げる」

私が抱きしめていたレイス様は、うなずくと口を開いた。

「それについては解呪が完了してから話をさせていただきたいのです」

「わかった。正式な話し合いは元に戻ってからにしよう。とにかく、神託の言葉と今の状況を合わせれば、聖女の行方は分かっていないが、異質な能力をもつ偽物とはオリビア嬢のことだろうな」

私達はうなずき合う。

神官はその場に跪《ひざまず》くと声を上げた。

「ど、どうか、神託について言えなかった罪をお許しください。絶対に言ってはいけないと、神官長様に命じられていたのです。どうか、どうかお許しください」

震えながらうずくまるその姿は哀れなものであった。

それでも、彼の行動が多少なりとも私の冤罪と追放に繋《つな》がっていることを思うと同情はできず、あとは国王陛下にお任せするだけだと、神官から陛下へ向き直った。

「すでにヴィクター様から話は聞いているかと思いますが、ローゼウス殿下の件、いかがでしょうか」

「あぁ。もちろん協力をする。今こちらにローゼウスも呼び出してある」

ここに来るのかと思いながらも、どうせ治療をしなければならないのだからと気合を入れる。

二度と会いたくはなかったけれど、仕方がない。

私はレイス様を抱きしめる手が震えそうになるのを堪《こら》えた。

そして、しばらくした後に謁見の間の扉がノックされ、扉が控えていた侍従によって開けられると、ローゼウス殿下が入ってきた。

侍従はすぐに扉を閉め、その前に騎士が立つ。

「なんだ」

怪しむように周囲を見回した後にこちらへとローゼウス殿下の視線が向けられる。

ローゼウス殿下は驚いたような表情を浮かべると、眉間にしわを寄せながらも堂々とした様子で歩いてきて言った。

「父上！　これはどういうことなのでしょうか。彼女は私が保護したはずですが？」

以前のローゼウス殿下では考えられなかった堂々としたその姿。

私は保護という言葉に、眉間にしわを寄せる。

国王陛下はゆっくりとした口調で言った。

「保護したのであれば、私に報告するのが筋だろう」

するとローゼウス殿下は視線をヴィクター様へと向けた。

「お前……父上の回し者だったのか。オリビアを裏切ったのか！……いや、お前は私を恨んでいるのだろう。愛《いと》しい婚約者を奪われたとでも思っているのか！」

その言葉にヴィクター様ははっきりと答えた。

「私は元よりオリビア様を愛してはおりません。そして私の忠誠は国王陛下にあります」

「なっ!?……なんだと？」

心底驚いたというようなその表情。

国王陛下は静かに口を開いた。

「ローゼウスよ……何か、私に話すべきことはあるか」

「……父上……あ、あの」

「お前が変わったことには気づいていた……気づいていたのに……」

ローゼウス殿下は視線を外し、うつむく。

国王陛下はため息をこぼすと、言葉を続けた。

「オリビア嬢には洗脳という特殊な能力があるのではないかということだ。もしそうではないと言うならば、ミラ嬢の薬を飲み、治療を再開せよ」

「父上！」

「オリビア嬢を信じているなら問題ないだろう？」

「その女が毒をもらないと証明できますか！」

その言葉に、ヴィクター様が口を開く。

「では毒見として私が先に飲みましょう」

「お前など信じられるか！」

その言葉に国王陛下はため息をつくと言った。

「では、私が飲もう。私はミラ嬢のことを信じている」

「ち……父上……何故？」

「何故……か。十二年だぞ。十二年……幼い頃から、十二年もの間、献身的に国母となるために学び……お前のために尽くし、懸命であった彼女だぞ。人間は、いつでも怠惰になれる。その環境から逃げ出せばいいのだ。だが、ミラ嬢は一度たりとも逃げなかった。そんな彼女を……どうして、どうしてお前は大事にできないのだ！　愛せないのだ！」

心にあった思いを吐き出すように、国王陛下はそう怒鳴りつけると、片手で顔を覆い、ゆっくりと息をつく。

「病によって苦しむお前に、私が、ミラ嬢を縛り付けたのだ……本当に……申し訳ない」

国王陛下は、私のことをそのように思っていてくれたのか。

「国王陛下……」

ローゼウス殿下は項垂《うなだ》れ、それからうなずくと静かになった。

「ミラ嬢。では薬の調合を頼む」

「はい……。かしこまりました」

それからすぐにローゼウス殿下の飲み薬の調合へと私は移った。

以前使っていた薬の研究室へとヴィクター様と共に入ると一人の医師がそこでは待機していた。

「彼女は、ミラ嬢の薬を以前ローゼウス殿下に飲ませた医師です」

三つ編みに丸眼鏡をかけた女性は、私が現れるとほんの一瞬、私の顔の傷に驚いたように目を丸くした。

初めて見る人はそりゃあ驚くだろう。そう思っていると、勢い良くこちらに向かって頭を下げた。

「お帰りなさいませ」

私が帰って来たと唯一知らされたその医師、彼女の名前はシルビア・ローワン。

私も彼女のことは知っていた。女性でありながら医師という地位に就き、そして活躍してきた希《け》有《う》な人だ。

「突然お邪魔してしまいすみません……薬の材料を提供していただけますか？」

「もちろんです。ミラ様が以前残していた本を元に、材料については常に新鮮なものを取り揃《そろ》えておくようにしました」

「そうなのですか。それは……何故」

「いつか必要になると思っていたのです。私は医師です。聖女の力はありがたいものかもしれません。ですが、それはそれ。私は医師としてするべきことをします」

真っすぐな視線に、私は驚く。

「無事で、本当に良かったです。死去したと聞いた時には、本当に驚きましたが、よくご無事で……本当に良かったです」

私がローゼウス殿下達に追放されたことは一部の者にしか知らされなかったのだと言う。

何も知らない中で、もう聖女が現れたから必要ないと言われていた材料を揃えていてくれた。

「ありがとうございます。では、材料を見せていただけますか」

「はい。こちらです」

一つ一つ準備されている材料を見ていくと、どれも保存状態がよく、すぐに薬の調合に移ることが出来そうであった。

その後私は、着替えを済ませ調合にかかる。

シルビア様に調合を途中手伝ってもらいながら効率的に進めていく。

薬を作る時には雑念は捨てる。

誰の為というよりもあくまでも、病気がどうか良くなりますようにとそうした思いだけで作っていく。

不思議なもので、そうした願いが込められた薬の方が良く効く気がするのだ。

「さすがミラ様。素晴らしい手際です」

「いえ、シルビア様の手助けがあったからこそ、この短時間で作ることが出来ました」

「そんなご謙遜を」

「本当ですよ。シルビア様、ありがとうございます」

そう告げると、シルビア様は唇をぐっと噛《か》み、それから呟いた。

「ミラ様の努力を知っておりましたから……お役に立てたなら……よかったです」

彼女のおかげで薬を難なく作ることができたのだ。感謝しかない。

ふと視線を窓の外へと向けると、空はすでに夕やみに包まれていた。

早く薬を持っていかなければと私は思い、シルビア様に再度礼を伝えると別れ、私は皆が待っている部屋へと向かった。

ヴィクター様がずっと傍《そば》についていてくださり、誰にも会わないように通路を調整してくれる。

国王陛下の下へと戻ると、ローゼウス殿下は肩で呼吸をしており、上げられた顔は青白く隈《くま》が浮かび上がっていた。

私の姿を見ると、ローゼウス殿下が言った。

「私のことを治療できるのは……オリビアだけだ」

その言葉に国王陛下がため息をついて口を開こうとする。それに私は視線を向けると言った。

「国王陛下、ローゼウス殿下と少し話をさせてください」

「ミラ嬢……分かった」

私はローゼウス殿下の方へと視線を向ける。

これはローゼウス殿下の為だけに調合したもの。

私の……ローゼウス殿下と婚約していた十二年間。十二年間の全てが詰まっている。

「十二年……です」

私は真っすぐにローゼウス殿下を見つめながら呟く。

レイス様が私のことを心配そうに見つめるのが分かった。

「は？　なんだ？」

「ローゼウス様と婚約し……十二年間、貴方の為に、薬の研究をし、寝る間も惜しんで医師達と話し合い、調合を何度も何度もやり直し、完成した薬なんです」

「そんなこと私は頼んでなどいない」

「……」

「私がいつ頼んだ！　お前に！　私がいつ助けてくれなどと言った！」

立ち上がり私の目の前に立つローゼウス殿下。

「それは……」

私が、勝手にやったこと？

眠たくても、体調を多少崩しても頑張ったことも。誰にも認められなくても、貴方の為に費やしてきた時間が全て。

「あはは……」

乾いた笑いが自然と口から零《こぼ》れ落ちて、息が苦しい。

「しかもお前の薬は全く効かなかった！　私を癒したのは愛しいオリビア。お前の薬はなんの役にも立たなかったではないか！」

その時、レイス様が渡していた獣化の呪いを解く薬を服用すると、人間の姿に戻り、私とローゼウス殿下との間に割って入る。

そして青白い顔をしたローゼウス殿下を見下ろすと、恐ろしい程の低い声で言った。

「彼女を……これ以上傷つける言葉を、その口からこぼすな」

「な、なんだお前は！　お前は……え？　レイス殿!?　行方不明と……聞いていたが、何故ここに!?」

私が渡した薬が一つしか残っていなかったから、飲むタイミングをすごく気にしていたレイス様。

だけれど、どうして今？

手が震える中、私はレイス様の服を後ろから摑《つか》む。

「レ……レイス様」

声が震える。

「話に割って入ってしまい、すまない」

私を見る視線は、いつものように優しい。

けれど、ローゼウス殿下に向ける視線は、氷のように冷ややかなものであった。

「……ローゼウス殿。黙ってミラ嬢の薬を飲むといい。だが、たとえ貴方が正気を取り戻し、ミラ嬢に何度許しを乞おうが、貴方の下にミラ嬢を返すつもりはない」

「は？　な、なにを。その女は罪人だ！　私に毒を！」

そこで、国王陛下が口を開いた。

「すまない。ミラ嬢。そろそろ話に割り込ませてもらう。ローゼウス。二年前何度も言っただろう。私自ら調査の指示をし、毒など検出されなかったと！　ミラ嬢に罪など一つもない！　いい加減にしろ。騎士よ。ローゼウスを押さえつけよ」

国王陛下が命令を下し、騎士達が押さえようとするがローゼウス殿下は暴れ、私に手を伸ばそうとする。

怖くなり身を強張《こわば》らせると、その手をレイス様は掴み、一ひねりで床に押し倒した。

「うわぁ！」

「彼女に触れるな」

ローゼウス殿下が騎士達に押さえつけられている前で、国王陛下が薬を飲んだ。

「ローゼウス。この薬はただの薬だ。見ろ、私は何ともない」

「ち、父上！　いつ容体が悪化するかも分からないではないですか！」

「はぁ……。騎士達よ、ローゼウスに薬を飲ませよ」

「「はっ！」」

「や、やめろ！　離せ！　そんな毒飲むものか！」

叫び声をあげながら暴れるローゼウス殿下を騎士達は押さえつけて薬を飲ませる。

ゴクリと飲み込んだローゼウス殿下はこちらを睨《にら》みつけて声を上げ続けた。

「悪女が！　罪人が！　毒を、毒を飲ませやがって！　くそがくそがくそがぁ！」

大きな声に私が震えていると、そんな私の耳を、レイス様は両手でふさぐ。

見上げれば、レイス様が優しい瞳を私に向けてくれた。

大丈夫だと微笑《ほほえ》みかけられるだけで、こんなにもほっとするなんて思ってもみなかった。

そして、しばらくした後に、ローゼウス殿下はうつむき、その場に膝を突いた。

「……う……うわぁぁぁぁぁぁぁっぁぁあぁっぁぁぁ」

ローゼウス殿下の叫び声がその場に響き渡った。

怖くなり思わずレイス様にしがみつくと、レイス様は私を守るようにして肩を抱き、そして身構えた。

ローゼウス殿下は、ひとしきり叫んだあと、顔をあげると涙をぼたぼたと流しながら私の方を見て、両手で顔を覆った。

その姿は、先ほどまでの威勢は消え失《う》せ、背中は曲がり縮こまっている。そして上がっていた眉は下がり、弱弱しい雰囲気へと全容を変えた。

「どうして……あぁぁぁ……私は……私はぁぁぁ」

声色さえ変わっている。

私から目を逸《そ》らすローゼウス殿下。それを見て国王陛下が尋ねた。

「ローゼウス……気分はどうだ……」

本当に、洗脳が解けているのだろうか。

ローゼウス殿下は地面に顔をこすりつけると、何度も床に額を打ち付けながら声を上げた。

「あぁぁ。うわぁぁぁぁぁ。私は、私はなんていうことを……あぁぁぁ。ど、どうしたら、どうしたらぁぁぁ。お許しください。どうかぁぁ、どうか……お許しを……」

悲鳴にも似た懺悔《ざんげ》の声。

けれど、その声が少しずつ変わる。

「どうして。どうしてどうしてどうして……あのままで、いさせてくれなかったのですか……」

思い出したくなかったのだろう。

捨てた私のことも、今の現実も。

操られたままでいたならば、幸せだったのにと、そういう想《おも》いが透けて見えた。

私はそう思いながらも口を開く。

「あのままでいて、いいわけがありませんわ。ローゼウス殿下は元々体の弱い方なので、朝昼晩しっかり飲むのと同時に食事もとらなければなりません」

「あぁ。あぁぁぁぁ……嫌だ」

ローゼウス殿下は顔をあげると、私のことを見つめ、悲壮感に満ちた表情を浮かべている。

その雰囲気は昔の、弱弱しいローゼウス様そのものであった。

「そなたの、そういう所が大嫌いだった。そなたは……私などいないほうがもっと輝けたはずなのに……私のことなど見捨てておけばいいものを、私に生きる期待をさせる。なんと残酷なことだ」

ドキリとする。あぁ、これがローゼウス殿下の心の奥底にあった本音かとそう思っていた時だ。

レイス様がローゼウス殿下の腕を摑むと立たせ、そして言った。

「八つ当たりするな。しっかりと己の罪と向かい合え。ローゼウス殿。正気を取り戻したのであれば、まずは言わねばならないことがあるだろう」

その言葉に、ローゼウス殿下の視線が揺れる。

「な、なにを？　謝れとでも？　オリビア嬢に洗脳されて顔を焼いたと!?　そう言えばいいのか！

……今更……そんなことで許されるわけがない」

レイス様はローゼウス殿下の背中を勢いよく叩《たた》く。

「許されようと思うな。謝罪と許されることとは別問題だ」

その言葉に、涙をぼろぼろと流していたローゼウス殿下は、私の方を見て頭を下げた。

「……すまなかった。本当に……申し訳、ない……」

謝罪を聞いたところで、過去はなくならない。

そして、思う。ローゼウス殿下はあの瞬間、私が絶望を味わったあの瞬間こそ、幸福を感じていたのではないだろうかと。

十二年も尽くしてきた相手に、嫌われていただなんて。私はなんと愚かなのだろうか。

そして許せることは、たぶん、ない。

けれどそれと治療とは別問題。

「……体調は、どうですか。問題ないのであれば二年前、何があったのか、教えてください」

ローゼウス殿下は、私の口から謝罪について触れないことに、目を伏せ、力なくうなずく。

「……あぁ……オリビアから聞いていた内容も含めて……話そう……」

そうして聖女がどのようにして現れたのか、私達は二年前の真実をローゼウス殿下の口から聞くことになったのであった。

◇◇◇

神殿に、聖女が現れると神託が下りた。

その知らせは、神殿の鐘が打ち鳴らされて全国民へと知らしめられる。

鐘の音を聞き、神託の話を聞いた乙女たちは、自分がもしかしたら聖女なのかもしれないと浮き立つ。

そんな中、聖女とは高貴な血筋の者に多くあらわれると言われていることから、王都周辺にいた貴族の面々は、自分の娘こそが聖女かもしれないと、王城の庭へと押しかけていた。

神託があったことから、神殿が聖女を見極める術《すべ》を持っているとそう思ってのことだろう。

そして、その中の一人にオリビアもいた。

同じ頃、神殿の神官たちも王城側と今回の神託について協議するため、王城に集まろうとしている時だった。

だからこそ、神官長と副神官長は庭に令嬢達が集まっているのを見ても、そこで足を止めることなく渡り廊下を進もうとしていた。

国王陛下が隣国への視察のために不在。故にローゼウスを国王代理として話し合いが行われる手はずだったのだが、ここで、運命の歯車が狂い始めた。

「神官様。ごきげんよう」

彼らの前にオリビアは図々《ずうずう》しくも歩み出て、優雅に一礼した後に二人と視線を交わす。

デビュタント前のオリビアが、王城に来ることは初めて。

作法も知らず、歩いていく神官を突然前に出て止めるという無礼を働いた。

しかも、手の甲を前に差し出し、レディに挨拶はとでもいうように促す。

「あの方、どこの家の方?」

「なんという無礼……」

皆は、オリビアが叱責されると、そう思った。

しかし、事態は予想外の方向に動き皆が息をのむ。

神官長と副神官長は、オリビアの目の前に跪き、その手の甲へとキスを落とす。

「私が、聖女だと思います。そうでしょう?」

そう告げた途端、神官長と副神官長はうなずき言葉を述べる。

「聖女様……ここにいらしたのですね」

「あぁ。神よ。感謝いたします」

その瞬間、その場にいた皆が驚き声を失った。

二人はオリビアをエスコートしながらその場を離れ、集まっていた人々は、あまりに突然のことに理解が追い付かないでいたが、その後に、すぐに目の前で起こった事実についてざわめいた。

「ふふふ。私が聖女。あぁ、早くローゼウス殿下にお会いしたいわ」

恍惚《こうこつ》とした笑みを浮かべるオリビアは自分が聖女であるということに自信を持っており、神官二人に案内されてローゼウスの待つ部屋へと向かう。

部屋がノックされ、神官と共に一人の少女が入って来た瞬間、ローゼウスは意味が分からずに困惑した。

「神官長よ。そのご令嬢は？」

神官長と副神官長は笑みを浮かべ、はっきりと告げた。

「聖女様でございます。神託が下りてすぐにこうも容易《たやす》く聖女様を見つけられるとはなんたる僥《ぎょう》倖《こう》」

「素晴らしきことにございます」

その言葉に、ローゼウスはこんなにも早く？　そう疑問を抱きながら尋ねた。

「どうやって見つけたのだ」

すると、話を遮るようにオリビアはローゼウスの前へとツカツカと足早にやってきて、その瞳を覗《のぞ》き込んだ。

「ローゼウス殿下。お初にお目にかかります。私が聖女オリビアでございます」

「え？」

次の瞬間、ローゼウスの頭の中にオリビアが聖女であるとそう、刻み込まれる。

洗脳された瞬間がいつかでいえば、その瞬間だった。

「あぁ。なんということだ。聖女様……聖女オリビア。どうか、私を救ってくれ」

「もちろんですわ」

「私はずっと、病で苦しんでいたのだ……それも、治せるのだろうか」

縋《すが》るようにそう口にすると、オリビアは言った。

「えぇもちろん。貴方様《あなたさま》の病を治しましょう。大丈夫。貴方は元気で、潑溂《はつらつ》とした王子様ですわ。お姉様にきっと役に立たない薬を飲まされていたのね」

「お姉様？」

「えぇ。私のお姉様……ミラというの。ふふふ。きっと役立たずな、いや、もしかしたら毒でも飲まされていたのではないかしら？　だから治らなかったのよ。あぁ、可哀《かわい》そうな人。悪女によって毒におかされていただなんて」

くすくすと笑いながら、楽しむかのようにオリビアがそう告げた瞬間から、そうだとしか考えられなくなったローゼウス。

それからはオリビアの言葉を信じ、言われたことは何でも本当だとそう感じた。

だからこそ、命じられるままになんでも行った。

それに対して、善悪も何も考えられなかった。

◇◇◇

そこまで語ったローゼウスは、うつむき固まる。

「……体が本当に嘘《うそ》のように軽くなったんだ。全てがきらめいて見えた」

そこまで話を聞いた私はため息を落とす。

ある意味、これまでオリビアの洗脳の能力が拡散されていなかったのは運が良かったのだろう。

我が王国では令嬢達のデビュタントは十六歳からであり、当時オリビアは間もなくデビュタントという時期だったのだ。

社交界デビューした後であれば、もっと被害は拡大していたかもしれない。

しかし、聖女ということが判明し、その後私を追放したことで、国王陛下からの反感もあり、貴族の方々の前に出る機会がなかったのだろう。

そして、ローゼウス殿下から話を聞き、洗脳の能力が万能ではないことも知る。

洗脳するためには、視線が必ず合うことが第一条件なのだろう。

幸いなことにオリビア自身は自分の能力についてしっかりと把握しているわけではないことや、ヴィクター様が早々にその能力に感づいたために対策を講じていたのが功を奏した。

また、国王陛下はヴィクター様の意見によってオリビアとは出来るだけ会わないようにすることや視線は絶対に合わさないことを徹底してきた為、洗脳されていない。

ヴィクター様の功績は大きいだろう。

これまで、洗脳自体を証明することがむずかしかった。

だけれど今、ローゼウス殿下の洗脳が解けたことでそれが証明されたのだ。

「でも、何故私の薬で……洗脳が解けたのでしょうか」

その言葉に、国王陛下はゆっくりと私に視線を向け、そしてしばらくの間考え込む。

他の方々も同じように考え込んでおり、私は視線をローゼウス殿下へと向けた。

ローゼウス殿下は私のことをじっと見つめ、それから視線を逸らすとうつむく。

国王陛下はゆっくりとした口調で言った。

「とにかく、すぐにオリビア嬢を拘束するぞ」

皆がその言葉にうなずこうとした時であった。

ローゼウス殿下が口を開いた。

「お待ちください。オリビアは……オリビアは悪くありません」

その言葉に皆が驚くが、ローゼウス殿下はハッキリと告げた。

「だって、自分の能力なんて知らないんですよ？　ただ、ただ聖女だと勘違いして洗脳してしまっただけではないですか……」

背筋がぞわりとした。

胸の奥底をえぐられるような感覚がした。

「オリビアと話をさせてください。そして彼女にも機会をください。だって、彼女は彼女なりに頑張っているんです！　私だって、彼女のおかげでこの二年間、自信をもって王子として頑張って来れました！」

あぁ。

そうだなぁと思う。

確かにローゼウス殿下にとってこの二年間は悪い物ではなかったのかもしれない。

その時だった。

部屋が、ノックされる。

皆の視線が当たり前のように扉へと向いた時、私は声を上げた。

「見てはだめ！」

だけれどそれは遅かった。

「あれ？　みーんなここにいたんですね」

可愛らしいオリビアの無邪気な声がその場に響き渡った。

私は突然のオリビアの登場に、背筋がぞっとしたのであった。

第七章 聖女と洗脳

ローゼウス殿下は声を上げた。

「オリビア！　自分の目を見るように伝えろ！」

「え？　私を見てって？　ふふふ。ローゼウス殿下、どうしたの？」

次の瞬間、オリビアの言葉に反応するように皆がオリビアのことを見る。

私は国王陛下へと視線を向けるが、陛下もまた、オリビアに釘付《くぎづ》けにされるようにそちらを見ていた。

視線を交わし合った瞬間、空気が変わるのが分かった。

「うふふ。みーんな私が可愛《かわい》いから私に釘付け？　あら、今日は国王陛下も私と視線を合わせてくれるんですね」

にこにこと楽しそうなオリビア。

外にいた門を閉めていた騎士達《たち》もオリビアに洗脳されてしまっているのだろう。

ローゼウス殿下が恍惚《こうこつ》とした瞳で立ち上がると、オリビアの目の前に跪《ひざまず》いて言った。

「どうか、私にいつものように声をかけておくれ」

「えぇ。ローゼウス殿下は男らしくて勇敢な勇ましい方。大好きですわ」

「ありがとう」

「あら、そちらにいるのは、まぁ！　行方不明になっていたレイス様ではありませんか」

私はぞっとした。

この状況はかなりまずい。

レイス様までもがオリビアの洗脳に毒されてしまったかと思うと、絶望が胸の中にうずまく。

「れ……レイス様……」

私は、レイス様の服を引っ張り、名前を呼ぶ。

どうしよう。

レイス様まで洗脳されてしまっていたら、私はもう、立ち上がる勇気が出なくなるかもしれない。

「レイス……様」

絶望感を覚えながらもう一度名前を呼ぶ。

「ミラ嬢、一度逃げるぞ」

その声が聞こえ、私はぱっと顔を明るくした。

「えぇ！」

「ミラ嬢の声がなければ見ていた。油断した。ありがとう」

レイス様は私を抱き上げると、窓を開け、そこから外へとでた。

次の瞬間ローゼウス殿下の声が響く。

「騎士達よ！　罪人ミラとレイス王子を捕まえるのだ！」

警笛が鳴り響き、王城内から騎士達が次々に現れる。

誰が洗脳されていて誰が洗脳されていないのかは分からない。

だがしかし、今は王子の命令に従い私達を追ってきている。

私を抱きかかえて逃げるなど無謀だ。

「レイス様！　私を置いて逃げて！　私は足手まといよ！」

すると、レイス様が私を抱く手に力が籠《こ》められる。

「ははっ！　好きな女を置いて逃げろ？　バカを言うな。好きな女は死んでも守るのが男ってものだ」

その言葉に、私は目を丸くする。

好きな、女。

顔が一気に赤くなっていくのが分かる。

「いきなり！　こんな時に！」

「こんな時だからだろう！　さて、これは逃げきれるか？」

多勢に無勢である。

現在、レイス様は私を抱えて王城の庭を走り抜けているけれど、いつ捕まってもおかしくはない。

その時だった。

「レイス王子殿下あぁぁぁぁぁぁあ！」

雄叫《おたけ》びと共に、上空から黒い甲冑《かっちゅう》に身を包んだ騎士が現れ、その場に降り立った。

「ご無事でございますかレイス様！　くっ。この国の奴《やつ》らどこかにレイス様をやはり隠していたのですね！　言語道断！　成敗いたします！　騎士達よ！　つどえぇぇぇえ！」

雄叫びのようなその声に呼応するかのように、他の黒い甲冑姿の騎士達が次々に現れ、ルーダ王国の騎士達と向かい合い始める。

一触即発という場面に、オリビアがローゼウス殿下に腕を絡め部屋のテラスからこちらを見下ろす。

「オリビア。計画を変えよう。やはりミラは罪人だ」

「あら、舞踏会で皆の前で罪を認めさせようと思っていましたのに。まぁいいですわ」

「オリビア。聖女の力を使い、皆に命令を下してくれ。罪人を捕まえろと。レイス殿もだ」

「えぇ。わかったわ。騎士達よ！　その女、ミラは罪人！　捕らえなさい！　どうかアレクリード王国の騎士様達も協力してくださいな」

オリビアの横には国王陛下も立つ。そしてオリビアの言葉に同意するようにうなずく。

「騎士よ！　聖女の声に従え！」

これで解決とばかりの雰囲気のオリビアであったけれど、黒い甲冑姿の騎士が声を上げた。

「……我らを愚弄するか……レイス王子！　ルーダ王国の者へ剣を向けてもかまいませんか！」

他の騎士達も向かい合ったまま、レイス様の許可を待っている様子である。

甲冑故に視界も悪い。

戦いの最中、アレクリード王国の騎士達がオリビアへと視線を向けることはない。

一体どうなるのだろうかと、体を強張《こわば》らせていると、レイス様がにっと笑った。

「殺すな！　戦闘不能にすることを許可する！」

「「「「了解！」」」」

次の瞬間甲冑姿の騎士達はルーダ王国の騎士達と剣を重ね合わせ始めるが、その剣の重さにルーダ王国の騎士達は一瞬で押され始めた。

「ど、どうして？　どうして私の言うことを聞かないの？」

「オリビア！　もう一度命令をしてくれ。君の命令ならば皆が聞くはずだ！」

「え？　えぇ！　私の命令を聞きなさい！　戦うのをやめなさい！」

オリビアは自分の能力を把握していないからこそ、がむしゃらになって叫んだのだろう。

だからこそ、その声かけの仕方を誤った。

ガランという剣を落とす音が響き渡り、その場にいたルーダ王国の騎士達の半数が動きを止めた。

ただし、動き続けているルーダ王国の騎士達もいる。

洗脳されているか、されていないのか、それが顕著に見えて、私は声を上げた。

「現在聖女と呼ばれているオリビアによって、多くの者が洗脳状態にあります！　オリビアの目を見てはいけません！」

ルーダ王国の騎士達が私の方へと視線を向けるのが分かった。

私はハッキリと告げた。

「アレクリード王国の騎士達は敵ではありません！　どうか剣を下ろしてください！　現在ルーダ王国は危機に瀕《ひん》しています！　このままでは、王国はオリビアに乗っ取られることになるでしょう！」

「ミラ様だ……」

「ミラ様の声が聞こえたか」

「何故《なぜ》……だって、ミラ様は二年前に死去したはずでは!?」

「一体何が……」

私の言葉など、届くわけがない。

二年も前に死んだとされたのだから。そうは思っても、声をあげずにはいられなかった。

「後ほど説明はします！　今は信じて！」

確証がない中で、信じてもらえるわけはない。

けれど、一人の騎士が、声をあげた。

「私は、私はミラ様に従う！　国王陛下の様子がおかしい！　それに、アレクリード王国の者に剣を向けるのはおかしいだろう！」

それがきっかけとなり、流れが変わった。

「俺も信じる！」

「私もだ！」

ルーダ王国の騎士達は、私を見て剣を下ろし始めた。その様子に、オリビアが声を上げる。

「ダメよ！　剣を下ろさないで！　私の命令に従い、戦いなさい！　そして罪人ミラを捕らえるのです！」

動きを止めていた騎士達は動き出し、攻撃をまた仕掛け始める。

そんな操られている騎士達を、ルーダ王国の仲間の騎士達が止め始める。

「おい！　やめろ！」

「オリビア様の命令だ！」

「嘘《うそ》だろ。本当に……洗脳されているのかよ」

「オリビア様の命令に逆らうなど、反逆罪だぞ！」

騎士達はぞっとした表情で、どうにか仲間の騎士達を止めようとしていく。

アレクリード王国の騎士達はといえば、容赦なく攻撃をしてきた者達を気絶させ地面へと倒していっている。

状況としては、どんどんとルーダ王国の騎士達は倒れていっている。

しかしここで第二陣、三陣の騎士達が到着すれば形勢は変わってしまうだろう。

私はその前にどうにかしなければと、声を上げた。

「オリビア！　こんなこと間違っているわ！　話し合いましょう！」

「なによ！　さっきのはまさか演技だったの!?　私のことを、バカにしていたのね！　もうお姉様なんて大っ嫌い！　捕らえなさい！　罪人を罰するのです！」

次の瞬間、私の方へと騎士達が勢いを増して押し寄せてくる。

レイス様は私のことを背中に庇いながら剣で応戦していく。

大きな背中に守られながら、私は邪魔にしかなっていないとそう思った時であった。

「あ……」

「ミラ嬢！」

王城の一角から弓を射る騎士の姿が見えた。そしてその矢はこちらへと飛んでくる。

瞼《まぶた》をぎゅっと閉じたけれど、痛みが訪れることはなく、ゆっくりと瞼を開けた。

「あ……あぁ……まさか、レイス様！」

私を庇《かば》ってレイス様の肩に弓矢が刺さっている。

「大丈夫だ。気にするな！」

「だって、だって！」

その時、地上の騎士達も襲ってくると同時に、応援の騎士達までもどんどん現れる。

「お姉様を捕らえなさい！　罪人よ！」

その声に、さらに勢いを増す騎士達。しかも倒れていたはずの騎士も再び動き出し、すぐ目の前まで迫ってきている。

それでも、レイス様は私を庇うことをやめない。

ローゼウス殿下が叫ぶ。

「聖女であるオリビアの言うことを聞くのだ！　罪人ミラを捕らえよ！　アレクリード王国の騎士達も敵だ！」

どうして、どうしてこうなってしまったのだろう。

私の考えが甘すぎたのだ。

レイス様は止《や》めた方がいいと言ってくれたのに……。

「ミラ嬢！」

名前を呼ばれ顔をあげると、レイス様がにっと笑った。

「顔を上げろ。君がうつむく必要はない！　胸を張れ！　罪人などではないと見せてやれ！」

「レイス……様」

そう言われ、私は顔をあげた。

戦っている騎士達がいる。そして操っているオリビアとローゼウス殿下や、国王陛下の姿も見られる。

私は操られて傷つく騎士様達、そしてレイス様へともう一度視線を向ける。

騎士達の争う姿に、そしてレイス様が腕から血を流す姿に、私の口は自然と開いた。

「もう、やめて」

二年前、罪人の烙印《らくいん》として顔を焼かれた時、もう二度と人など信じるものかとそう思った。

だけれど、レイス様に出会って、レイス様にほだされた。

レイス様を守りたいという気持ちと共に、無意味な血など流させたくないという思いが強くなる。

「――やめなさい」

私の声が、響き渡った。

大きな声で叫んだわけでもないのに、それと同時に騎士達が動きを止めたのが分かる。

不思議な感覚だった。

まるで世界が鮮明になったかのように、私には、視界に光が溢《あふ》れて見える。

だがしかしオリビアの周りの光だけが黒く濁っていた。

それを見た瞬間、私は自分がすべきことが何なのかを理解する。

「オリビア。やめなさい」

オリビアは私の言葉に声を荒らげた。

「やめないわ！　お姉様。いい加減にして。私は聖女なのよ」

私は首を横に振った。

「違うわ」

「神官様がそう認めたのよ！」

なんと残酷なことなのだろうかと、私は静かに思う。

能力を持って生まれてしまったから、この事態は引き起こされた。

オリビア自身に自覚はなくとも、誤った使い方で聖女として祭り上げられ、もう前に戻れることはないのだろう。

能力を持って生まれなければ……オリビアは普通の令嬢として生きられたのだろうか……。

「オリビア。聖女は貴女《あなた》ではないわ」

「っは！　負け犬の遠吠《とおぼ》えよ！　私じゃないと言うなら誰だっていうのよ！」

どうして、こうなってしまったのだろう。

私は小さく息をつき、呼吸を整える。

今、私はやっと自分がすべきことが見えた。

これまでの私には、ローゼウス殿下の治療を一生懸命に行ってはいたが、心の中に義務感があった。

自分がやらなければならないと、努力しなければならないと、そうしたものが確かにあった。

だけど、今は違う。

レイス様や、無用な血を流している騎士達の為《ため》に私は自分に出来ることをしたいと、そう、自ら思い願った。

だから私の中にあった力は目覚めてくれたのだろう。

「オリビア。聖女とはきっと、人の為を思う気持ちを持たなければならないのよ」

今ならば私にはそれが分かる。

「はぁ？」

「だから、きっと、今の私の声が、皆に届くのだわ」

私は深呼吸をすると、声を上げた。


「目を覚まして」


そう、一言告げた。

オリビアは怪訝《けげん》そうにしたけれど、すぐに周囲の異変に気がついた。

カランという音が響き、呆然《ぼうぜん》とした様子の騎士達は剣を落としていく。そして、その様子を見たレイス様が、声を上げた。

「アレクリード王国の騎士達よ！　剣を収めよ！」

その言葉を聞き、国王陛下もまた声を上げる。

「ルーダ王国の騎士達もだ！　剣を収めよ！」

周囲の様子にオリビアは驚いたような顔を向け、声を上げた。

「なに？　なんで……罪人を捕らえなさい！　罪人を捕らえるのよ！」

私は、オリビアに告げた。

「貴女の能力は、聖女の能力ではないわ。人から意思を奪い、洗脳し、操る能力なのよ」

「え？」

オリビアが私のことを見て、驚いた表情で固まる。

それから言葉を理解しようと、ゆっくりと視線を泳がせる。

「嘘よ……私は、だって……神官様が聖女だって言ったわ」

「いいえ。違うわ。貴女が聖女になりたくて、神官様にそう言わせただけ」

「は？　う、嘘よ。嘘よ！　騎士達！　お姉様を捕まえなさい！」

その言葉に、騎士達は目をつむると声を上げた。

「うわぁ！　もう、もう操らないで下さい！　自分が自分でなくなるなんて！　こりごりだ！」

「やめてくれ！　もう操らないでくれ！」

ルーダ王国の騎士達はそう叫び、その様子を見たオリビアは顔を青ざめさせた。

「う……嘘……ローゼウス様!?　ローゼウス様！　違いますよね？　だって、だってローゼウス様は私が治療したから病気が……そうよ！　病気が治ったでしょう？」

ローゼウス殿下は両手で顔を覆い、そして嗚咽《おえつ》をこぼした。

「あぁ……あぁぁぁぁっ。なんで……なんで……」

「ローゼウス様？……」

それから私のことを後悔の色をにじませた瞳で見つめながら、弱弱しく呟《つぶや》いた。

「そなたが……本物の聖女だと、そういうことなのか……」

オリビアが、私のことを見て、そして固まった。

「聖女？　本物の？　は？」

聖女か……。

「そう、ね。えぇ」

「嘘よ！　嘘嘘！　だって、だってそれなら自分の顔の傷だって治せるはずでしょう！」

その言葉に、私は首を横に振る。

「今なら分かるけれど、私の言葉はそのように治癒に特化したものではないわ。能力自体はまだまだ自分でもよくわからないけれど、でも、貴女の能力を打ち消し、正常な状態に戻す力はあるみたいね」

「なんで……そんな、嘘よ……だって、私が……聖女だって……」

瞳にいっぱいの涙をためながら、オリビアがそう叫ぶ。

そんな様子にレイス様が呟いた。

「聖女とは、清らかな心を持っているものだろう。姉を妬み顔を焼くようなそんな人間が聖女なわけがない」

私がレイス様へと視線を向けると、レイス様は肩をすくめて見せる。

「だって……それは、お姉様が邪魔だから……だから……ねぇローゼウス様！　で、でも、聖女じゃなくても、私を、私を愛しているでしょう？」

救いを求めるようにオリビアがローゼウス殿下へと視線を向ける。

だがしかし、ローゼウス殿下は視線を合わせることなくうつむいたまま泣き続けており、そして、嗚咽をこぼしながら言った。

「私は……弱い、弱い人間だ。だから……オリビア嬢を……オリビア嬢の方が、楽だった。ミラ嬢の瞳はあまりに澄んでいて……それが、憎かった」

愛しているとは答えないローゼウス殿下に、オリビアは顔をひきつらせた。

「待って、ねぇ、待ってよ。わ、私、私が聖女でないとはいっても……でも、でも！　私は騙《だま》したくてしたわけじゃない！　だから、私に罪はないわよね！」

周囲を見回しながら、自分を正当化するためにオリビアは声を上げ続ける。

「だって私、聖女だって言われたから！　洗脳の能力が自分にあるなんて知らなかったから！　それに皆も賛同してくれた！　だから、だからだからだから！　私は……悪く、ないわよね？　罪になんて、問われないわよね？」

縋《すが》るような瞳のオリビアと視線が合った。

「お、お姉様。私のこと……守ってくれるわよね？」

その言葉に、私は真っすぐに視線を返す。

「たしかに、貴女は自分の能力を知らなかったのかもしれない。でも、うすうす気づいていたのではない？　自分には特別な力があるかもしれないって。だけれど貴女はそれを私的に使うことにした。だから、誰にも相談しなかったのでしょう」

「違うわ！　し、知らなかったわ。だから」

オリビアの言葉に、レイス様が厳しい口調で言った。

「知らなかったとしても、姉を罪人に仕立て上げ、顔を焼いた罪は消えないぞ」

「あ……」

オリビアはその言葉にガタガタと震え始める。

そして顔を上げて言った。

「まさか、私の顔……焼かないわよね？」

その言葉を聞いて、オリビアは自分のことしか考えない人なのだなと改めて思った。

今も、相手がどう思うかではなく、自分がどうなるかを考えている。

私はその言葉に、静かに答えた。

「それは、私が決めることではないわ」

何故かそれに安堵《あんど》したような表情をオリビアが浮かべた時、国王陛下が告げた。

「聖女を騙《かた》った女を牢《ろう》へと連れていけ。目を布で覆い、洗脳できぬようにしろ」

「え？　ちょ、ちょっと待って！　国王陛下！　私は知らなかったのです！」

「知らなかったで王国を危機に陥れ私を操った罪が消えるとでも？　連れていけ！」

騎士達はオリビアを押さえつけると、その瞳に布を巻きつけていく。

「ま、待って！　お願いよ！　やめて！　私は悪くないわ！」

その声に、国王陛下が告げた。

「言い訳は法廷で聞く。連れていけ！」

「いや！　いやよ！　私は悪くない！　悪くないんだからぁ！」

オリビアは叫び声をあげる中、騎士に押されて連れていかれた。

ローゼウス殿下も騎士によって立たされると、静かにこちらに向かって頭を下げる。

何かを言うわけではなく、全てを諦めたように。

それからおぼつかない足で歩き始め、その場から連れていかれた。

私達はそれを見送りながら、小さく息をつき、騎士達は剣を鞘《さや》に納めたのであった。

「ミラ嬢、レイス殿、大変な思いをさせてしまい申し訳なかった。そして、それと同時に感謝する。あのままであれば……ルーダ王国は滅亡の未来しかなかった。部屋を用意する故、一度治療し、休んでくれるだろうか。その間に、我々も怪我《けが》をした騎士達の手当てや神殿とやり取りをしておこう」

その言葉に私達はうなずく。

「わかりました。では、一度下がらせていただきます」

「失礼する」

私達が移動をし始めようとした時、レイス様の前に黒い甲冑の騎士が来ると、その目の前に跪く。

「ご無事で何よりでございました」

その言葉に、レイス様はうなずく。

「あぁ。部屋に下がった後、私が行方不明になってからのことを教えてくれ」

「はっ！」

「他の騎士は一度宛《あて》がわれた部屋で待機。加勢助かった。ありがとう」

「「「はっ！　ありがたきお言葉！」」」

騎士達はそう言うと下がっていき、黒い甲冑の騎士だけがレイス様の後ろからついてくる。

「皆さん、重たそうね」

そう小声でレイス様に告げると、表情を緩めてうなずく。

「アレクリード王国ではあれくらい普通なのだ」

「あれで普通……そうなの」

私達は侍従に案内されて部屋へと一度下がる。すぐに医師が到着し、レイス様の治療を始めた。

その様子を見守りながら、大丈夫だろうかとそわそわとしていると、その治療を受けている間に、レイス様はこれまでのことをアレクリード王国の騎士から聞く。

レイス様がいなくなった日から捜索が開始され、ルーダ王国側に抗議、そしてアレクリード王国へと報告しており、裏側では二国間に緊張が走っていたという。

「すぐにアレクリード王国には無事の旨の手紙を。また、帰国次第詳しく話をすることも書き添えてくれ。はぁ。兄上達にこっぴどく怒られそうだ。父上と母上にも心配をかけたな」

腕の傷を治療されているというのに、レイス様は平気な顔で会話を続ける。

「急ぎ知らせておきます。王子、早々に帰国されますよね？」

「あぁ。あと、紹介したい女性を連れて帰るとの旨も手紙に書いてくれ」

騎士が一瞬固まる。

それからちらりと私を見て、少しばかり嬉《うれ》しそうにうなずく。

「了解いたしました。では、一時失礼いたします」

「あぁ」

騎士は部屋を出ていき、医師の治療も終わる。

「大丈夫ですか？」

「あぁ。大丈夫だ。とにかく、詳しくは……ゆっくり休んでからにしよう。疲れただろう？」

「え？……そう、ですね」

尋ねたいことはたくさんあったけれど、たしかに、疲労感がどっと突然来た。

レイス様が治療を受けて、薬を処方されたところで安堵した瞬間から一気にきた気がする。

「ゆっくり休もうか」

「はい。そうですね」

私達は隣り合った二つの部屋で過ごすことになった。

なぜだが少しだけ緊張したけれど、湯あみや食事を簡単に済ませると、そんなことも忘れ泥のように眠ったのであった。

翌朝、すっかり回復した私は用意されていたドレスに袖を通し、朝の身支度を済ませるとレイス様の部屋へと向かう。

するとドアを開けた先でレイス様はうさぎの姿になっていた。

「おはよう」

「あぁ。ミラ嬢。おはよう。今丁度、ヴィクター殿から届けられた薬を飲もうとしていたところだ。やはり今日すぐに呪いが解けるわけではなく、体に慣れさせるためにも後しばらくはこの薬を飲み続けなければならないようだな」

「急激に変化させると、体の負担は大きいもの。仕方がないわ」

レイス様が薬を飲みに行こうとするけれど、私はその体をひょいと抱き上げてぎゅっと抱きしめる。

「あぁ、癒されるわ」

「ふむ……」

しばらくの間私はレイス様のもふもふを堪能してからその体を放す。

レイス様は薬を飲んでから言った。

「体調は？　悪いところなどはないか？」

「ないわ。それよりもレイス様の怪我は？　大丈夫？」

「怪我？　あぁ、あれくらいはかすり傷だ。大丈夫」

いや、かすり傷なわけがないと思いレイス様の前足をつかみ傷を確かめようとすると、レイス様は顔を赤らめて慌てて言った。

「だ、大丈夫だ！」

「傷を確認させて。心配……なのよ」

「わ、分かった！　見せるから！　だから、だから無防備に私に触れないでくれ」

「触れ……だって……え、嫌？」

私がパッと手を放してそう尋ねると、レイス様は慌てたような声で言った。

「いや、そうではなくて……嫌なのではなくて……」

「なら、いいじゃない」

「いや、好きな女性に触れられたら、男としては……どうにもこうにも」

そう告げられて、私はパッとレイス様と距離を取る。

すると、レイス様が眉間にしわを寄せて、しょぼんと肩を落とす。

「それは……それで、へこむぞ」

「あ、えっと、いや、その……違うのよ」

「違うとは？」

こちらをじとっとした目で見つめられて、私は視線をすっと逸《そ》らす。

そんな私を逃がさないように、レイス様は視線を合わせてくる。

「私は、君を、女性として口説いている」

「そ、そんなにはっきり言わないで」

「君は言わないとしらばっくれそうだからな」

話をはぐらかしたくて視線をまた逸らそうとした時、ドアをノックする音が響いた。

レイス様は小さく息をつくと、扉の方へと歩いていった。

それから少し扉を開け外の人と会話をし、それから扉を閉め戻ってくると言った。

「ミラ嬢と私の様子の確認だ。ルーダ王国国王が話がしたいそうだ。後ほど使いが呼びにくるらしい」

「そうなのね……」

「あと、私の部下からの情報によれば、オリビア嬢とローゼウス殿は現在牢に入れられて、刑が決定するのを待っている状況だそうだ。また、オリビア嬢の洗脳について、どこまで被害が拡大しているか、そうしたことが調べられているようだが……今回の一件、もう一歩でも対応が遅れていたらルーダ王国に未来はなかっただろう」

その言葉に、私はうなずき返す。

もしここに私達がいなかった場合、ルーダ王国はオリビアに乗っ取られていたことだろう。

本当に国の存続の危機だったのだ。

「レイス様……力を貸して下さりありがとうございます」

「いや……だが、オリビア嬢のあの能力は本当に恐ろしいものだったな……」

「そう、ですね。あのまま、オリビアがルーダ王国の国母となった未来を考えると、ちょっとぞっとします……」

「そうだな……」

「神託のことを思い返すと、私は……オリビアを止めるために生まれた聖女だったのかなと、今では、そう思うのです……」

「……神託か。ルーダ王国とアレクリード王国とではだいぶ違うようだな……」

「えぇ。ルーダ王国はどちらかといえば内向的な国ですから」

「なるほどな……」

その時、ドアがノックされ執事が現れると、私達は国王陛下の下へと案内された。

部屋の中では神官や宰相がたくさんの資料を抱えて話をしていた。

想像以上ににぎやかなその空間で、最奥に座る国王陛下の表情には疲労の色がにじんでいるが、私を見てほっとした様子で口を開いた。

「一時話は取りやめだ。ミラ嬢が来た。よく来た。こちらに座ってくれ」

「国王陛下、並びに皆様、おはようございます。それでは、失礼いたします」

「アレクリード王国、第三王子レイス・アレクリードと申します。今日は、同席させていただく所存です」

私達は促されたソファへと腰を下ろす。

宰相様方はその場に残って会話を聞いているが、私は別段気にせずに、国王陛下に現状についての話を聞いていく。

「オリビア嬢については幽閉、ローゼウスについては……廃嫡が決められた。ただ……体調を考慮し、廃嫡後王家所有の僻地《へきち》での幽閉となる」

その言葉に、私は心臓がドキリと跳ねる。

オリビアについては処刑でないだけましだろう。

だが、ローゼウス殿下自身は洗脳されていた部分が大きくあったはずだ。

「私が、期待を押し付け過ぎたのだ。故にローゼウスはああなってしまった。なに、直系でなくとも王族はいる。今後どのようにするかは改めて考える。さて、今日はミラ嬢について話をしたい」

ローゼウス殿下の件は、おそらく国王陛下も思い悩んでいるのだろう。

それ以上話を追及しないでほしいという雰囲気があった。

私としては、一度は結婚相手と考えた人であったけれど、もう過去のこと。

なので私が気にする必要もないかと割り切る。

「私についてとはどのようなことでしょうか」

そう尋ねると、国王陛下は口を開いた。

「ミラ嬢の両親もおそらくはオリビア嬢に操られていたのだろう。どうだ、元のように家族の元へと帰っては」

聖女だと私が判明したことで、国王陛下は私を国につなぎ留めたいのだろう。

だけれど私の心はすでに決まっている。

「申し訳ございませんが、私はもう、ただのミラです。ですから、この王国に残るつもりはございません」

はっきりとそう告げると、国王陛下が困ったような表情を浮かべる。

「いやいや、君は公爵家のご令嬢だろう」

私は笑みを浮かべて、はっきりと述べた。

「二年前、貴族令嬢のミラは死にました」

「……本当にそれでいいのか」

「顔を焼かれて、死んだのです。そう思っていただけたらと思います」

じっと国王陛下を見つめてそう告げると、国王陛下はしばらくしてから視線を逸らすと難しそうに大きくため息をついた。

「私は、そなたに償いたいと思っている。聖女だからというだけで言っているわけではない……」

きっとそれは本心なのだろうと思う。

けれど私に償いは必要ない。

「国王陛下。お気持ちだけ受け取りたいと思います。償いたいというのならば、私に自由をくださいませ」

「……」

思いとは別に国王としての立場もあるのだろう。

すると横にいたレイス様が口を開いた。

「横から口を挟んでしまい申し訳ない。ただ、ミラ嬢は、私の恩人なのです」

レイス様はそう笑顔で言うと、私の肩をグイッと抱き寄せた。

「今回の一件で、私は命を落としかけました。そこを救ってくれたのがミラ嬢。もし自分が命を落としていたら、ルーダ王国とアレクリードの戦争は避けられなかったはずです。この国にとってもミラ嬢は恩人だろうと思いますが」

「たしかにそうだが……」

国王陛下の表情は厳しい。レイス様はそんな国王陛下に対し、畳みかけるように話を進めて行く。

「なら、どうしてまだミラ嬢を国のために利用したいと主張できるのですか?」

「ッ!?　いや、国の為に利用したいとは……」

「そう聞こえますが？　我が国は恩人は大切にしたいと思っております」

「……それは分かる。だが……」

「これ以上言うのであれば、我が国を敵に回したい、という意志だと受け取ってもよろしいか？」

「い、いや、そのようなことでは……」

対等な間柄ではあるものの、ルーダ王国よりも国土が広く、豊かなアレクリード王国。

その王子であるレイス様はにやりと悪い笑みを浮かべると告げた。

「ミラ嬢を縛り付ける権利は、ルーダ王国にはないと思いますが」

はっきりとそう言った途端に、国王陛下は黙る。

その様子を見つめながら、レイス様に肩を優しくトントンと叩《たた》かれ、私はうなずくとはっきりと告げた。

「私は、ただのミラです。ルーダ王国に留《とど》まるつもりはありません」

「そうか……」

「お世話になりました」

「……わかった。そうだな。そなたへの償いは……自由が妥当か……。ミラ嬢。父や母とは、もうよいのか？」

その言葉に私はうなずく。

「私には父も母もいません。オリビアやローゼウス殿下のことは国の判断にお任せいたします」

そう告げると、国王陛下は、ゆっくりと息をつきうなずく。

「わかった。ミラ嬢、レイス殿、王国を救って下さり感謝する」

頭を深々と下げた国王陛下は、今度はレイス様に向かって今回の一件の謝罪を改めてするとともに、今回の一件についての賠償などの話へと移る。

レイス様は詳しくは名代を立てて改めて話をする旨を伝え、そして立ちあがる。

「では、我々はこれで失礼しよう。あとは自国のことは自国の民がなんとかするべきでしょう。また、ミラ嬢についてですが、賠償を軽減する代わり今後一切かかわらないでいただきたい」

「わかった……そのように手はずしよう」

沈黙の中、私はその場にいる皆さんを見つめる。

そこにはシルビア様やヴィクター様の姿もあった。

「それでは、皆様ごきげんよう。失礼いたします」

背筋を伸ばし、ローゼウス殿下の婚約者であったミラに終止符を打つ。

顔を焼かれた時とは違い、清々しい思いでルーダ王国を出立できそうだ。

私達は国王陛下の執務室を出ると、しばらく歩き、そして私は歩みを止めると、笑い声をこぼした。

「あはは！　国王陛下に、あんな恐れ多いことを、言ってしまったわ」

その言葉にレイス様は微笑《ほほえ》む。

「大丈夫。もしもの時には私が全力で守るからな」

「まぁ！」

くすくすと笑った後、私は表情を消すと、レイス様をじっと見て言った。

「でも……レイス様だってずっと私と一緒にいてくれるわけではないでしょう？」

一国の王子だ。

私と一緒にずっといられるわけがないことは分かっている。

けれど、そろそろ自分の立場をはっきりさせておかなければならないと思い、私はそう言った。

レイス様は、私の方へと歩み寄ると、私のことをじっと見つめた。

それからゆっくりと私の前に跪いた。

「え？」

「ミラ嬢」

静かに名前を呼ばれ、そのまま手を取られる。

突然のことに心臓がバクバクと大きく音を立て始め、一体全体どういうことなのだろうかと戸惑っていると、レイス様が熱のこもった瞳で私のことを見つめてくる。

「真剣に、考えてほしい。私との未来を」

「え？」

「私は君が愛《いと》おしく、ミラ嬢と共に、今後の人生を歩んでいきたい。だが、それは、君を我が王家に縛り付けておきたいという意味ではない」

「縛り付ける？」

「あぁ。私が君と結婚し共にいたいと願うのは、君が聖女だからという理由ではない」

私が勘違いしないように告げられた言葉だろう。レイス様は言葉を続ける。

「私は、王族だが城ではなく王都の一角にある王宮区画という場所に住んでいる。もし王族の暮らしが嫌で、あの家がいいというならば、区画内にミラ嬢の家とそっくりな家を建てる。森も作る。川も温泉も……ミラ嬢が過ごしやすいように整える……だから、私と一緒に、来てくれないか」

真っすぐに見つめる瞳が眩《まぶ》しく見えた。

「結婚してほしい」

「けっ……こん」

正直な所私は、良くて愛人、悪くてさようならだと思っていた。

罪人の烙印として顔を焼かれ、聖女というあまりにも曖昧な存在の私が、レイス様と結婚できるわけがないと思っていた。

だからこそ、今の言葉が理解できなかった。

「だ、だって、私……顔もこんなだし」

「私は気にならないが、痛みがあったり気になるならば、我が王国の治療を受けてほしい。きっときれいに治る」

「えっと、地位も」

「地位などは関係ないが、君がもし地位が必要だというのであれば、私の親戚の家へと一度養子に入ってから結婚すればいい」

「で、でも……国が違うし」

「隣国だろうと何だろうと、私は、君がいい」

真っすぐに告げられる言葉一つ一つに、私の心臓はどんどんと煩《うるさ》くなっていく。

「私で……いいの？」

そう尋ねると笑顔でうなずかれた。

「君がいいんだ」

揺らぐことのない言葉に、私は両手で顔を覆うとうつむく。

ずっと、ずっと何度も何度もレイス様は私とはずっと一緒にはいられないのだからと自分の気持ちを押し殺してきた。

だから、いつさよならしても傷つかないようにと予防線を張ってきたのだ。

レイス様は少し自信のない声で呟く。

「私は、君を愛しているんだ。どうか、傍《そば》に居てくれないか」

一国の王子が、なんていう声を出すのかと私は顔をあげると、そこにはこちらの様子を窺《うかが》うレイス様がいて、私は思わず笑った。

「ふふふ。レイス様ならば、どんな女性でも選《よ》り取《ど》り見取《みど》りでしょうに」

そう告げると、レイス様は言った。

「私が愛を乞うのは君だけだ」

こんなにも真正面から感情をぶつけられたことのない私は、あぁ、こんなにも幸せな気持ちになることがあるのだなと、笑みを浮かべる。

「私も……貴方を愛しているわ」

だから、正直にそう告げられた。

本当は自分の気持ちなんて認めたくなかった。

人を愛して信じるなんて、そんなバカなこと、したくないと思っていたから。

でも。

「だって、貴方、優しいんだもの。何も言わなくても、当たり前のように私のことを気遣ってくれて……助けてと言わなくても、私が困っていることに先回りして気づいてくれる」

貴方にとって、人をいたわることも助けることも当たり前なのかもしれない。

でも、私の周囲にはそんな当たり前は存在しなかった。

「そんなに大切にされたことなんて……なかったから」

信じちゃダメだと、いなくなる人だからと、何度もそう自制しようとしたけれど。

「でも、貴方はいつも素直に真っすぐに気持ちを伝えてくれるから、信じずにはいられなかった……たとえ、私の傍から、いなくなる人だと分かっていても……心が……貴方を拒絶出来なかった」

涙が溢れるのを止められない。

「貴方が……好き」

どんなに自制しようとしても、想《おも》いは日に日に大きくなってしまった。

「ミラ嬢……」

レイス様が私を力強く抱きしめた。

認めたくなかった自分の想い。

そんな私の弱さごと包み込むように、ぎゅっと抱きしめられる。

温かな体温を分かち合うようなその時間が心地よくて、私はレイス様の背に手を回し抱きしめ返す。

レイス様は、大きく安堵したかのように息を吐く。

「嬉しい」

その声に、私は涙をぬぐい、それから尋ねた。

「あら、一国の王子が？」

するとレイス様は少し体を離して私のことを見つめて、にっと笑いながら答える。

「相手が君だからなぁ。まぁでも、もし王子だからという理由でフラれた時は、最悪王族籍から抜けて君と森で暮らすのもいいかなぁとは思っていた」

「まぁ」

冗談なのかそうでないのかは分からなかったけれど、そう言ってくれたのが嬉しくて私は笑い声を立てた。

そんな私に釣られるようにレイス様も笑う。

お互いに緊張していたのだろう。

「本当に、私の家、作ってくれるの？」

そう尋ねると、レイス様がうなずいた。

「君が望むのならば、そりゃあなんでも。それに、森に置いてきたリュコスの家も作らないとだなぁ。怒っていないといいが」

「ふふふ。そうねぇ」

私達は笑い合い、それから、共に生きていく未来を思い浮かべたのであった。

エピローグ

出来るだけ、アレクリード王国への出立は早い方がいいだろうと、準備は早々に進められた。

自分自身、もうこの国に未練はない。

そう思っていたのだけれど、その日の夕刻、内々に私は両親から連絡を受けた。

国王陛下には知らせず、あくまでも貴族としてではなく親として会いたい、そんな手紙が送られてきたのである。

その手紙を眺めながら、国王陛下からの差し金ではなさそうだと思いつつ、ため息が零《こぼ》れ落ちる。

「はぁ……会って何かが変わるわけではないのに」

今更どうしろというのであろうか。

両親に愛された記憶など、私の中には存在しえない。

思わずこぼれた言葉に、手紙を読む際に立ち会ってくれたレイス様が静かに口を開く。

「ミラ嬢の気持ちは分かる。だが、君を引き留めようとするのではなく、最後になってもいいから会いたいと言っているのだ。私も同席する故、会ってみてはどうだ？」

諭すようにそう告げられ、私はため息をこぼす。

レイス様が私の為《ため》を思って、出来るだけ後悔がないようにとそう言ってくれているのはわかる。

だが、気は進まない。

両親からの愛情が欲しかった私はもういない。

「無理にとは言わないが……一生の別れになるかもしれないぞ。私は君を手放すつもりがないから

な……いや、君が里帰りしたいと言うなら、無理には引き留めないが、確実に私も同行する」

会う理由がない。そう考えていたけれど、レイス様の言葉につい笑ってしまう。

少し前から気づいていたが、レイス様は結構な過保護かもしれない。

そして、決別の意味を込めて会っておいた方がいいかもしれないと、そう思えた。

引き留めてきたり、王国のことを一度でも会話に出したら、そこで話は終えよう。

心を決めて、私はレイス様と共に、太陽が昇らぬ早朝の時間に会う約束を取り付けた。

場所は、公爵家の一室。

王城を出立し、一度公爵家に寄ることになった。

国王陛下には、すでに了承を得ている。

国王陛下には、最後にもう一度挨拶を済ませた。

もう二度と会うことはないのだなと思うと、不思議な気分だった。

ルーダ王国もしばらくの間は忙しくなるだろう。神殿と王家との関係性も今後は変わってくるか

もしれない。

そして私とレイス様はヴィクター様やシルビア様に見送られる中、馬車に乗り込んだのであった。

公爵家へとついた私は、思わずため息をこぼす。

この場所で、良い思い出なんて一つもない。

門の前には両親の姿があり、二人の目元は赤く腫れあがっていた。

出迎えてもらっても、その場では軽く挨拶をした程度で部屋へと移動をする。

あまり目立ってはいけないし、立ち話をするために来たわけではないから。

時計の針が響く一室にて、私とレイス様は隣り合わせで座り、向かい側に両親がいる。

「……お久しぶりです」

そう告げると、二人は小さくうなずき、それからお父様が重い口を開いた。

「……ミラ」

お母様も、私の名前を口にする。

「ミラ」

まるで、ずっと呼びたかったのに呼べなかったような、そんな重い声色。

一体なんだろうかと思っていると、そう口にした途端、二人の瞳から、涙がこぼれおち、それを慌てた様子でハンカチで拭う。

二人の様子の意味が分からない。

たしかに洗脳されていたのだろう。だけれど、だからといってそのような雰囲気になるのはどうしてなのだろう。

別段愛してもいなかった娘が、いなくなるだけのことだ。

「どうして、泣くのです？」

どういう状況なのだろうかと思っていると、お父様が、もう一度口を開いた。

「……恨まれていても、しょうがない。だけれど……私達《たち》は……お前を……愛している」

そう言葉にした途端、お母様が泣き声を上げ、うつむく。

「ごめんなさい……本当に……」

その言葉に、私は少しばかり驚く。

オリビアに洗脳されていたから、そのように見えなかっただけで、心の中では愛していたのだろうか。

洗脳されている間の心理状況がどのようになっているのかが分からない故に、何とも言えない。

「今更……困ります」

素直にそう答えると、お父様はうなずく。

「それは……そうだろう。今まで、私達は、お前に、何一つ……出来なかったのだから」

「うぅ……。ごめんなさい。本当に……」

「泣かないでください。泣いても……今までの事実は……変わらないのだから」

動揺していると、レイス様が私の肩をそっと抱き、落ち着けというように視線を向けてくる。

混乱している私はゆっくりと深呼吸をすると、レイス様が尋ねた。

「お二人の状況を聞いても？」

今回の一件については国王陛下からの報告を受け、両親はレイス様の存在も知っているはずだ。

二人はうなずくと、静かに語り始める。

「……ミラが生まれた日、私と妻は、本当に、嬉《うれ》しかった。可愛《かわい》くて、小さくて……この子を守っていこうと思った。そして、一年後、オリビアが生まれてから……私達は……自分の意志を呑《の》み込まれるようになったのだ」

「え？」

意志を、呑み込まれる？

洗脳されていたということは分かるが、それが、どんな感覚なのかは、分かっていなかった。

お母様は嗚咽《おえつ》をこぼしながら、口を開く。

「貴女《あなた》を……傷つけたくないのに……オリビアを生んだ日から、貴女《あなた》を愛することは、出来なくなったの……心は愛していると、やめてと叫んでいるのに……心が縛り付けられ、貴女を愛する意志が、思いが、不思議な力に呑み込まれてしまって。だから……貴女を……たくさん傷つけてしまった。でも、でも私達は、貴女を愛していなかった日はないわ」

泣き崩れる母を初めて見た。

父はそんな母を支えながら、私の目の前に封筒を差し出した。

「だが、お前にしてきたことは事実……許されることがないのは分かっている。だから、せめて、せめてこれだけは受け取ってくれ」

差し出された封筒の中身を見ると、アレクリード王国に近い鉱山の権利書であった。

「これは……」

「お前が私達と縁を切りたいであろうことは、分かる。だが……せめて、少しでも……何かがしたいんだ……私達は、娘に……何一つ、出来ない、卑劣な……親だったのだから」

「ごめんなさい……本当に……許してもらおうだなんて思っていないわ。ただ、最後に、最後に会える機会をくれて、本当に……ありがとう」

二人共真っ赤に目をはらし、涙が途中零れ落ちていく。

時計の針が異様に大きく音を立てて聞こえた。

私の背中を、優しくレイス様が支えてくれている。

その手から、温かな優しい温《ぬく》もりが感じられて、私は、ずっと張りつめていた緊張の糸を、解いていく。

「君は、心のままに、話をしていいと思う」

心のままに？　私は、私の心はどう思っていた？

ゆっくりと深呼吸をする。

それから、瞼《まぶた》を閉じた。

幼い日の私は、ずっと一人だった。

頑張りなさい、お前は王子の婚約者なのだから。

自分のことを全く見ない両親。

オリビアばかりを溺愛する両親。

本当は、私はどうしてほしかった？

自問自答して、私はゆっくりと瞼を開けると口を開いた。

「……抱きしめて、くれますか？」

その言葉に、がたりと両親は立ちあがると、私のことを力強く抱きしめた。

何も言わず、ずっと抱きしめたかったというような、そんな思いが伝わってきて私はやっと気づいた。

本当に、私は、愛されていたのか。

そう思った途端に、胸の中が熱くなるような、何かが込み上げてくる。

「愛している……本当に、すまない。許さなくていい。だが……分かっていてくれ」

「愛しているわ。あぁぁぁ。私の、私の愛《いと》しいミラ。みらぁぁぁ。ごめんなさい。本当に、本当に
……」

感情が溢《あふ》れて止められないというような、そんな両親の姿。

苦しんでいたのは、私だけじゃなかったのだとそう、気づいた。

「私も……お父様と、お母様に……愛してほしかった」

そう呟《つぶや》くと、ぎゅうっと両親が私のことを抱きしめる。

ずっと本当は愛してほしかった。抱きしめてほしかった。私のことを見つめてほしかった。

妹と同じように、私も見て、そして家族になりたかったのだ。

愛されていたと、そのことに気づけて、私の心にのしかかっていた重しが一つ取れたようだった。

両親なんて、どうでもいい。

家族でも何でもない。

会いたくないとそう思った。

だけど……。

そう思っていたのはただの強がりだったのだ。

私は、やっと自分の心に素直になれたのであった。

「お父様、お母様」

そう呼ぶと、二人が私の名前を呼び返した。

家族だった。ちゃんと、私にも家族がいたのだと、胸が苦しい程に締め付けられた。

それから一時間ほど、私は両親と、静かで、穏やかな時間を過ごした。

まるで子どものように接せられ、不思議な感情を抱いていると、お母様が最後に、私の首に、ネックレスをかける。

「これはね、私のお母様から引き継いだネックレスなの。遠くにいても……貴女を想《おも》っているというお守りよ。私ね、貴女が生まれた時に、これを貴女へ贈ろうって決めていたの。どうか、受け取ってくれるかしら」

「お母様……ありがとうございます」

決して、わだかまりが全て溶けたわけではないけれど、それでも、両親と会えてよかった。

私は、レイス様がいなかったらきっとずっと両親に対して悪感情を抱いていただろう。

心の中でレイス様に感謝しながら、私はその後、両親と別れを済ませる。

ただ、会う前とは違って、心は晴れやかであった。

「手紙、書きます」

そう告げると、両親は嬉しそうに微笑《ほほえ》んだ。そして返事を書くとそう言ってくれた。

おそらく、今回のオリビアの一件で、公爵家にもそれなりの処罰がくだるだろう。けれども、二人はそんなことを一言も言わず、私のこれからのことだけを案じているようだった。

挨拶を済ませた後、私達は馬車に乗り込んで移動を始める。

空が明るみ始める中、両親はずっとこちらに手を振っていた。

見えなくなるまで、ずっと。

これが、おそらく会うのは最後だろうと思う。ただ、これから手紙をやりとりしていって、いつか、両親のことを心から許せる日が来るかもしれない。

その時には、もう一度抱きしめてほしい。

そう思えた。

「ミラ嬢。大丈夫か？」

「えぇ。もちろん。私はいつでも絶好調よ」

冗談交じりにそう答えると、レイス様はそんな私の頭を優しく撫《な》でた。

「それならばよかった」

「えぇ」

馬車から、ルーダ王国の町並みが見える。

朝日が差し込む町はとても美しくて、遠ざかっていく景色が酷《ひど》く懐かしいもののように思えた。

これまで私が育ってきた国。

この国を守っていくのだと、そう思いながら惜しむことなく学びに時間を費やし努力を積み重ねていたこともあった。

一瞬でそれが無と化し、絶望に打ちひしがれた時もあった。

だけれど、私はこの国が嫌いなわけではない。

町が豊かということは、国が潤っているということ。国民は皆王家を敬い生きている。

「寂しいか？」

そう尋ねられ、どうだろうかと考え、首を横に振る。

「いいえ」

私の心の中はすっきりとしていた。

両親としっかりと挨拶できたことも良かった。

もう、私はこの国には未練がない。そう、はっきりとそう思えた。

すると、レイス様が私の手を取る。

「幸せにする」

その言葉に、私は笑う、

「私だって、貴方を幸せにしてみせるわ」

自分の人生だ。それならば、私だって誰かを幸せにしたいと願う。

すると、レイス様は笑い声を小さく立てて私の手の甲へとキスを落とした。

「君のそういうところがたまらなく愛おしいよ」

そう呟いた瞬間、レイス様はうさぎに姿が変わってしまった。

うさぎ姿のレイス様は、足を椅子にタンッと打ち付けると苛立《いらだ》った様子で耳をくしくしとし始める。

「何故《なぜ》だ……かっこつけたかった……ミラ嬢……ヴィクター殿の薬だと、薬の効力がなくなる時間がまちまちになるのだが……おかしくないか?」

「ふふふ。アレクリード王国についたら、私が調合してまた薬を作るわね。それまではヴィクター様の作って下さった薬で我慢してね」

「あぁ……」

しょんぼりと呟く姿があまりに愛おしくて可愛らしい。

言葉には恥ずかしくて出来ないけれど、私はレイス様を抱き上げるとその額に唇を落とした。

「み、ミラ嬢!?」

「ふふ。つい」

「つつつつつつつ、ついで乙女が！　乙女が口づけをしてはいけない！」

ぴょこぴょこと耳が動いていて、すごく可愛らしい。

私の可愛いうさぎの王子様。

心の中でそう思いながら笑みを浮かべ、その頭を優しく撫でまわす。

すると少し不満げな声が零れ落ちる。

「うさぎ姿の私と……人間の私……どちらの方が好きだ？」

自分自身にやきもちを焼いている。

吹き出しそうになるのをぐっと堪《こら》えると、私はレイス様を優しく抱きしめた。

「さぁ？」

意地悪くそう呟くと、レイス様が私の手をぐりぐりと頭で押してくる。

その姿が、胸が苦しくなるほど、可愛くて仕方がなかった。

アレクリード王国までの道のりでも、きっとレイス様がどれほど好きか、私は自覚していくのだろうと思う。

人間なんてもう二度と信じるものかと思っていた自分が嘘《うそ》のようだ。

「ミラ嬢？」

「ん？　いえ、アレクリード王国に行くの楽しみだなって思って」

そう言うと、レイス様は小さく息をこぼす。

「私は君に翻弄されて、結婚するまで気が気ではないよ」

「……結婚」

「……え……」

私のような立場の者が、アレクリード王国の王子様と本当に結婚できるのだろうか。

その前に、レイス様のご両親やご家族は私のことを受け入れてくれるだろうか。

そんな不安を考えつつ、頭を振る。

レイス様を信じてついて行こう。

「み、ミラ嬢？　結婚は、嫌か？　あ、でも、もう一度ちゃんとプロポーズはするから、この前のはプロポーズにカウントしないでくれ」

その言葉に吹き出した。

「あら、最高のプロポーズだったのに？」

「い、いやいや。ちゃんとプロポーズは指輪も花束も準備して、しっかりと整えて告げたいのだ」

「あら、素敵ね。じゃあ楽しみにしてようかしら」

「ああ！　楽しみに、待っていてくれ！」

うさぎのしっぽが嬉しそうに揺れる。

可愛らしい私のうさぎの王子様。

あの日、森の中で彼に出会えなかったら私の運命は大きく違っていただろう。

「大好き」

小さな声でそう呟くと、レイス様が驚いたようにこちらを見て、顔を真っ赤に染め上げた。

「ううう。うさぎ姿が嫌だ。すぐにでも君を抱きしめたいのに！」

「あら、私は貴方を抱きしめられるから幸せよ」

ぎゅっとレイス様を抱きしめる。

「ううう」

うめき声が聞こえてきて、私は吹き出してしまう。

本当に可愛らしい人だ。

馬車の窓から私は外へと視線を向ける。

これから先、何が私を待っているのだろう。

未来がわくわくと輝いて見えて、私は胸を高鳴らせたのであった。

番外編 アレクリード王国へ出立

アレクリード王国へと向かう旅路は馬車に乗り、ゆっくりとしたものとなった。レイス様は時間を見てヴィクター様の作った茶を飲み、人の姿で移動している。

時間がかかっても大丈夫なのだろうかと思っていると、アレクリード王国には事前に手紙を出し、遅くなると伝えているとのことでほっとした。

レイス様を護衛する騎士達《たち》が数名後ろからついてきているらしいが、いつも影を潜めているのでどこにいるのか私には分からない。

そして森までの道で、私はとあることに気がついた。

「あら、あの人……」

窓の外に車輪が外れて困っている馬車が見えたため、声をかけ止めてもらう。

「レイス様。あの御者の方を助けられないかしら……」

「知り合いか？」

私は二年前のことを思い出しながら口を開く。

「私が追放された時に、馬車に乗せてくれた方だわ。私みたいなわけありを、快く乗せてくれたの……よく、覚えているわ」

あの時の私は、世界を呪ってしまいたくなるほどに人を憎んでいた。だから、その優しさに気付くことさえ出来なかった。

だけれど、あの時、あの方がいなければ私はあの森にたどり着くことなく死んでいただろう。

レイス様はその言葉に笑顔でうなずく。

「恩人だな。すぐに助けよう」

するとどこから現れたのか、レイス様の騎士様方が現れ、馬車の者へと声をかけに行く。

私は椅子から立ちあがると言った。

「あの、お礼をしに行ってもいいかしら？　私、あの御者の方にちゃんとお礼も言えてなかったの。なんて失礼なことをしたのかしら」

「ミラ嬢。余裕がなくなるとそりゃあ、そういうこともあるさ。さぁ、一緒に行こうか」

「一緒に来てくれるの？」

きょとんとしながらそう尋ねると、レイス様は肩をすくめた。

「当たり前だろう？　愛《いと》しい君を助けてくれた恩人だ」

その言葉に、私の顔に熱がこもる。

レイス様はさらりとそうした言葉を使うので、早々にそれにも慣れなければと思いながら私はうなずき、馬車から共に降りた。

騎士様方が御者の方の手助けをすでに始めており、御者の方は帽子を脱いで申し訳なさそうにしている。

「騎士様方、あの、わたしゃ、そんな大したお礼も出来ないんですが……」

するとレイス様が声をかける。

「御者殿。少し時間いいだろうか」

「え？」

こちらを振り返った御者の方はレイス様から視線を私へと移し、驚いたように目を丸くした。

「貴女様《あなたさま》は……」

その言葉に、少しばかり私は驚く。

もしかして、私のことを知っていたのだろうか。

「二年前に助けていただいた者です。あの、覚えてらっしゃいますか？」

すると、御者の方は嬉《うれ》しそうに微笑《ほほえ》みを浮かべ、それから服の袖で涙をぬぐった。

「よかった。よかった。ご無事でしたか。えぇ。もちろん覚えております。ミラ・ローゼンバーグ様」

そう言うと御者の方は私の目の前へと跪《ひざまず》き、それからその瞳から涙を流しながら口を開いた。

「貴女様のおかげで、幼い頃病にかかった我が娘は、命が助かったのです。貴女様に感謝する者は町に多くおります。貴女様は私達にとって聖女様でございます」

思ってもみなかった感謝の言葉とその想《おも》いに、私は驚きで胸がいっぱいになる。

「本当にご無事でよかった。信頼できる者達に引継ぎ、そして無事に逃げられたとの情報は得ておりましたが、本当に、本当にようございました」

あぁ。

私は知らず知らずの間に、人の手によって救われていたのだという事実を、今になって知ることが出来た。

世界中が敵だと思っていたのに、それは私の勘違いだったのだ。

私は御者の方の手を取ると、真っすぐに見つめて言葉を返す。

「ありがとうございます。貴方《あなた》がいなかったら、私は、もうこの世にはいなかったでしょう」

「わ、私などに触れてはいけません。汚れてしまいます」

「いいえ。貴方の、貴方のこの手に、私は救われたのです。本当にありがとう。どうか、もし私のことを手助けして下さった方々がいたら、その方々にもどうか私のこの感謝の気持ちを伝えてくれないかしら？」

すると御者の方は泣きながら笑みを浮かべ、そして大きくうなずいた。

「もちろんでございます。皆、貴女様の無事を祈っていた者達です。きっと喜ぶことでしょう」

御者の方はそう言ってくれた。

その後、馬車の修理を終えた騎士達に私はお礼を伝える。

御者の方は何度もこちらに頭を下げ、私も同じように会釈を返し馬車に乗り込んだ。

私達の馬車は動き始め、私は遠くなっていく光景を見つめながら小さく息をつく。

「ミラ嬢?」

「私って……本当に考えが甘かったのよね。そりゃあ、そうよね」

町の方へと視線を移し、人が行き交う光景を見つめながら呟《つぶや》く。

「偶然、たまたま運がよかったから生き延びられたんだって思っていたの」

レイス様は私の頭を優しく撫《な》でる。

「運ではなかったな」

「えぇ」

「ミラ嬢の日ごろの行いが、良い人と人の縁を結んだんだ」

「え?」

その言葉に私が首を傾《かし》げると、レイス様は優しく微笑む。

「善い行いも悪い行いも、結局は自分に返ってくる。ミラ嬢はそうは思っていなかったやもしれないけれど、人々の為《ため》になっていることがあったのだよ」

人の為に、なっていた。

私はその言葉に、笑みを浮かべる。

「ふふふ。レイス様はいつも前向きね」

「あぁ。一度きりの人生だ。たまに後悔することもあるが、結局変えられるのは未来だけだからな」

いいことを言ったぞ、というような顔でレイス様がこちらを見るものだから吹き出してしまう。

だけど、確かにその通りだ。

「確かにその通りね」

「そうだろう?」

ケラケラと笑うレイス様。

明るくていつも堂々としているから、一緒にいるとそれに引っ張られる。

前を向いて、私もこれからの未来を頑張っていきたい。

それから私達は馬車で行けるところまで進み、後は徒歩で移動をし始める。

やっと、自分の知っている森の匂いが感じられ始めてほっとする。

湿った草木の匂いは、王城の華やかな空気よりもほっとする。

その時、荒い息遣いと足音が聞こえ始めてレイス様が身構えると、楽しそうに吠《ほ》える声が聞こえた。

「うぉぉぉぉぉん! ぉぉん! ぉぉん!」

しっぽを勢いよく振りながら駆けてきたのは、リュコスであり、瞳を輝かせている。

可愛《かわい》いなと思ったけれど、その勢いは可愛いものではなく、私はその衝撃に耐えられるだろうかと身を硬くした。

すると、すっと私の前にレイス様が立つとリュコスを抱き留めて地面へと転がし、お腹《なか》を撫でまわし始めた。

「よーしよしよしよし」

「くっぅぅぅぅん」

まるで可愛らしい犬のようにリュコスは声を出すと、嬉しそうにしっぽをブンブンと振っている。

見た目はとても可愛らしいのだけれど、勢いは可愛らしくはない。

「あの、私も撫でてもいいかしら？」

ただ、やはりもふもふの毛並みは魅力的でそう尋ねると、レイス様がうなずく。

「もちろん。リュコスはミラ嬢に撫でてほしそうだったけれど、こいつは力の加減が分かっていないからな。少しずつ教えていこうと思う」

その言葉にうなずきつつ、私はリュコスの柔らかな体を撫でる。

「ふふふ。可愛い」

そう呟くと、少しばかりレイス様がむっとする。

「私も可愛いぞ」

小さな低い声で呟かれた言葉に、一瞬の間が空く。

すると、恥ずかしくなり始めたのかレイス様はすっと視線を逸らして、耳を赤くする。

それに思わず口からふっと笑いが零《こぼ》れる。

「ふ……ふふふふふ。あはは！　焼きもちね！　ふふふふ」

口元に手を当てて私が笑い声をあげると、レイス様は頭を掻《か》きながらため息をつく。

「だめだ。私は君を前にすると、おかしくなるようだ」

「まぁ。素敵ね」

からかうように私がそう告げると、レイス様はニッと笑みを浮かべ堂々とした様子で告げる。

「からかっているのも今の内だぞ。私のことも、もっとミラ嬢には好きになってもらう予定だからな！　覚悟をしておくことだ！」

はっきりと告げられた言葉に、私は真顔で固まる。

驚いただけなのだけれど、それに慌ててレイス様が言葉を付け足した。

「あの、冗談だ。いや、本当にそうなったら嬉しいが、その、冗談なのだ。だからそのように固まらないでくれ。恥ずかしい……もう、心が折れそうだ」

「ふふふふふふ」

レイス様と出会ってから笑うことが本当に増えた。

お腹が痛くなるほど笑うことなんて、この二年ほとんどなかったというのに。

この人が好きだなと、そう思うけれど恥ずかしいので私は容易《たやす》くは口には出来ない。

レイス様が思っている以上に、私はレイス様が好きだと自認している。

リュコスをひとしきり撫でた後、私とレイス様は家の中へと入る。

ほんの数日間のはずが、久しぶりに感じるから不思議なものだ。

今日はここで一泊して、明日出立する。

騎士さん達は中で寝なくてもいいのかと尋ねると、野営をするので大丈夫だと返された。

私とレイス様は数日ぶりの家で、のんびりとした時間を過ごしていたのだけれど、ふと、私は考える。

「一つ屋根の下に結婚していない男女が二人きりっていけないのではないかしら」

すると、レイス様が驚いたような顔でこちらを見る。

「今更感が……すごいな」

「あら、だって……」

もう、他人ではないから。

そう口にしようとして、それを呑《の》み込む。

以前はいずれいなくなる他人であるし、人間の姿に戻ったならば出て行ってもらえばいいと思っていた。

だけど、今は、お互いに思いを伝えた同士であるから。

それをどう伝えればいいのか分からずに、私はうつむく。

なんだか急激に恥ずかしくなってしまったのだが、レイス様は首を傾げる。

「ミラ嬢?」

その時であった。

ボフン。

レイス様の姿が変わってしまった。

それに、私はほっと胸を撫で下ろす。

「あー……晩御飯が、野菜か……」

レイス様が遠い目で呟いた。

私は長く歩いて来て確かにそれは悲しいだろうなと思いつつも、うさぎ姿になってくれて少しほっとした。

「抱き上げてもいいかしら?」

そう尋ねると、レイス様はうなずく。

「少しなら」

うさぎ姿のレイス様は本当に可愛らしい。こんなに可愛らしいのに、人間の姿になると逞《たくま》しく、それでいてかっこいいのだから、ずるい。

「ふふふ。可愛い」

「君にそう言ってもらえて嬉しいよ」

今日は夜うさぎ姿になってくれたから良かったが、これから旅に出るというのに、私はこれから毎夜、ドキドキするのだろうか。

「レイス様……あの」

「ん？」

「その、あの……夜は、うさぎの姿になってくれる？」

「え？　どうし……あ」

私の気持ちを察したのか、慌ててレイス様がうなずいた。

「もちろんだ！　というか……私は結婚もしていないのに、君に手は……ださないぞ？」

私は顔が熱くなる。

「そ、それなら……いいのだけれど」

「もちろんだ」

少しばかり、残念なような気持ちを抱いたのは、レイス様には秘密である。

旅は始まったばかり。

一体これから私の生活はどうなるのかなと思いながらも、楽しみでならなかったのであった。

番外編　町への散策

花がたくさん飾られた町のアーケードをくぐると、音楽と楽しそうな人々の声が広がって聞こえてきた。

にぎやかなその雰囲気に、町の豊かさを感じる。

私はフードを被《かぶ》って町の中をレイス様と共に進んでいく。

「すごい。楽しそう」

そう呟《つぶや》くと、レイス様は屋台を指さして言った。

「とりあえず、美味《おい》しそうなもの全部買ってこないか？　この町はうまい物が多いんだ」

「レイス様は来たことがあるの？」

「あぁ。私はいろんなところを渡り歩いているからな」

本当に王子なのよね？　そうたまに疑いたくなる言動がある。

うずうずとした様子のレイス様と一緒に、私は屋台に並んで品物を受け取っていく。

実の所、こんな風に屋台で買い物をするのは初めてであり、緊張してしまう。

出来るだけ、顔が見えないように伏せていると、レイス様が少し心配そうな声色で尋ねてきた。

「もし、目立つのが嫌であれば、あちらの陰で待っておくか？　私が買い物をすませてくるから」

「いいの？」

「もちろん」

その返答にほっと息をはき、私は彼にお礼を伝えたのち、木の木陰にあるベンチへと一人向かうとそこで腰を下ろす。

レイス様は私が見える位置で買い物をしてくれている。きっと向こうの商店街の方に並んでいる店にも行きたいであろうに、こちらに配慮してくれているのだろう。

護衛の方々もいるというのに優しい人だなと思っていると、肩を叩《たた》かれ、私はビクッと驚きながら振り返る。

そこには、若い男性が二人立っており、私のことをまじまじと見てくる。

護衛の騎士達《たち》がこちらに向かって来ようとしたが、私は目でそれを制した。

一般人に見えるし、武器もないので来る必要はないだろう。

「ほーら。やっぱり若い女の人だろ？」

「金髪が綺麗《きれい》だな。お姉さん一人？　フードを取って可愛《かわい》い顔見せてよ」

突然このように異性に話しかけられたことなどない私は、一体なんだろうかと思いながら首を傾《かし》げる。

「何か、用？　フードを何故《なぜ》取らなければいけないの？」

そう伝えると、男性二人は顔を見合わせて笑った。

「あはは。お姉さん、警戒してる？　大丈夫。何もしないって」

「たださ、町では見かけないなって思って声をかけたんだよ」

旅人の私をいぶかしんで声をかけてきたということだろうか。

ということは、フードを取ってほしいというのも、怪しい者ではないか確かめる為《ため》かもしれない。

この顔を見られるのは、あまり好ましくはないが、怪しいと思われているのも癪《しゃく》なので私はしぶしぶフードを取った。

「うわっ」

「……え……」

男性達は私の顔を見て息をのむ。

傷が醜いのはもう分かっていることだ。それでも見せろと言ったのは相手なので、こちらに落ち度はない。

「怪しい者ではないわ。ただの旅人よ」

そう告げ、フードを被り直そうとすると、男性の一人が私の手を摑《つか》む。

「待って、たしかに傷はあれだけど……美人だな」

「本当に。中々見たことのないべっぴんさんだ。うはぁ。お姉さん良かったら一緒にご飯でもいかないかな？　傷もちなら声かけてもらえるだけありがたいだろ？」

「そうそう。まぁ……多少顔の傷は気持ち悪いけどさ」

傷自体を気持ち悪がることは理解できるのだが、どうしてそれで食事に誘う流れになるのか。

「ご飯？　あの、何故？　ごめんなさい。あの、どうして見ず知らずの私にそんな言葉をかけるのかがわからないわ」

傷を見せてこんな反応をすることもあるんだなとそう思いながらも、何故食事に誘われているのかが分からない。

すると、男性達はまた笑い声を立てた。

「いやいや。あれ？　もしかしてあんまり声かけられ慣れてない？」

「ははは。これさ、お姉さんが多少傷あっても綺麗だから、お誘いしているんだよ」

見ず知らずの相手に突然これは失礼だなと、その言葉に眉間にしわが寄る。

未《いま》だにどういう意図か分からずにいるけれど、良い意味ではないということは明確で、それに何より、手を摑まれているのが、不愉快だ。

「あの、放してくれる？」

「いーや。ほーらおいでよ」

手を引っ張られて、困ったなと思っていた私の下に、すごい勢いでレイス様が駆けてくるのが見えた。

そして、私の手を摑んでいた男性の手を摑むとひねり上げる。

「女性の腕を、そのように摑むものではないぞ」

「いでででで」

男は悲鳴を上げ、レイス様はそれを突き放すようにすると私の方を見て言った。

「すまない。やはり一人にするべきではなかったな」

「？　別に大丈夫よ？」

レイス様の騎士様方が、実の所陰でこちらをハラハラとした様子で見つめている。

私は大丈夫よと伝えるために手をひらひらと振った。

別段声をかけられただけで問題はない。

私がきょとんとしている様子に、レイス様は大きくため息をついた。

「ミラ嬢。いいかい？　君は美しい。自覚してくれ。そして、この男達は君の美しさに吸い寄せられてきたんだ。分かるか？」

吸い寄せられてきた？　そんな虫じゃないんだからと思っていると、男性がこちらを見て舌うちをすると言った。

「男がいるならさっさと言えよ！」

その言葉にレイス様が動き、男の腕をひねり上げた。

「いってぇぇぇ」

私は首を傾げつつ答えた。

「聞かなかったじゃない」

先ほどから私はあくまでもちゃんと受け答えしていたはずだ。一体どういう意味なのだろうかと思っていると、レイス様がため息をついてから男達にあっちへ行けとばかりに手を振る。

「もういけ。これ以上痛い目にあいたくないだろう?」

男達は舌打ちをしながら走っていく。

遠くに行ったことを確認したレイス様はため息をつきつつ私の横に座る。

同時に店に置いてきてしまった品物が騎士様によって手元に届けられた。

それを受け取った後、レイス様が飲み物を私に差し出してくれる。

「どうぞ」

「ありがとう」

一口飲むと、甘さが広がる。

「これ、すっごく甘いわ!」

こんなに甘い飲み物は初めてだと思いついはしゃいでそう言うと、レイス様が呆《あき》れたように呟く。

「はぁぁぁ。色々と……君には教えなければならなそうだなぁ」

「?」

ちょびちょびと飲み物に口をつけて飲んでいると頭を抱えるレイス様が見える。

私はそんなレイス様の柔らかい髪の毛を優しく撫《な》でてみた。

びくっとレイス様が肩を揺らす。

「な……何故」

「え？　なんだか落ち込んでいるから」

「……君は……小悪魔感がすごい」

「……よくわからないわ」

たまにレイス様は何を言っているのか分からない。

ただ、先ほどのやりとりからして私が何かしら非常識だったのだろう。

「さっきのことだけど、よくわからないから教えてくれる？」

「あぁ……」

レイス様は焼き鳥を私に手渡し、それを一緒に食べながら話し始める。

私はお肉嬉《うれ》しいなと思いながら話を聞いていたのだけれど、聞き進めるほど、眉間に深くしわが寄る。

「……なるほど、町では、男性が女性に好意を抱き話しかけに行き、突然なんの脈略もなく口説くという手法があるということね」

真面目な顔で一つ学んだぞと思い、そう告げると、レイス様が肩を落とす。

「うん……その、通りなんだが……なんだろう。うん、いや間違ってはいない」

世の中には私の知らないことがたくさんあるのだなと実感する。

貴族社会で暮らしていた頃は、そんな作法があるとは思ってもみなかった。

「私知らないことたくさんだわ。それにしても、この焼き鳥美味しいわね」

もぐもぐと食べ終わると、私は、お肉がもう終わってしまったと少し落ち込む。

それを見て、レイス様は立ちあがり、私に手を差し伸べた。

「屋台にはまだまだ美味しいものがある。買いに行くか？　やはり心配なので、少し嫌かもしれないが一緒に行こう」

その手を取りながら、私はうなずく。

「えぇ。……心配かけてごめんなさいね」

「いや……でも、ミラ嬢は美しいのは自覚した方がいい」

こんなに顔に大きな傷があるのにと思いながら、私はぎゅっとレイス様の腕に抱き着いた。

「う……はぁ。ミラ嬢……あまり可愛らしいことは……理性が」

「理性？」

「いや、なんでもない。行こうか」

「ふふふ。ええ。行きましょうか」

「あぁ」

顔の傷も気にせずにそういうことをさらりと言える辺りがすごいと思う。

レイス様の言葉に私がどれほど救われているか、本人は思ってもみないのだろうな。

この人に出会えてよかったなと、私は改めてそう思ったのであった。

あとがき

皆様、こんにちは。作者のかのんと申します。

この度は、この物語を読んでくださりありがとうございました。

今回の物語は、追放された公爵令嬢と、呪われたうさぎの王子様の恋愛の物語です。

この物語を書くきっかけとなったのは、私の周囲の作家がみーんな、うさぎを飼っておりまして……心から、うらやましいと思い、その思いを物語に託した次第です（作者は動物大好き人間です）。

この物語を書いていて初めて知ったのですが、うさぎには肉球がないそうです（種類による）。私はずっとうさぎにも、むきゅむきゅの肉球があると思っていたので驚きました。ちなみにこの情報は読者の方に教えてもらったことで、勉強になるなと思いつつ、自分でもうさぎについて調べ直しました。

そして多少脚色を入れつつ、レイスのうさぎ模様を書きました。楽しかったです。

うさぎさん、可愛《かわい》いですね。幼い頃にうさぎの人形を買ってもらって毎日遊んだ思い出が蘇《よみがえ》りました。あのうさぎはどこへ行ったのでしょうか……。

さてさて、うさぎの話ばかり永遠としてしまいそうですね。あぶないあぶない。うさぎの可愛さについ、話がうさぎばかりになってしまいます。

この物語を出版するにあたり、読者の皆様を始め、関係者の皆様に心からのお礼をお伝えしたいと思います。

読者の皆様、手に取ってくださりありがとうございます。感想、レビュー、お気に入り、などないただけることがあるのですが、作者の心の支えになっております。

素晴らしいイラストを描いてくださった氷堂《ひどう》れん先生。魅惑的なレイスと美しいミラ、そしてきゅるるん可愛いうさぎのレイス。全てが最高です。ありがとうございました。

真剣に物語に向き合い、私の創作意欲を高めてくださる編集のHさん。そしてデザインや装丁など、美しく整えてくださった皆様や、この本を作るにあたり携わってくださった関係各所の皆様、ほんとうにありがとうございます。

たくさんの方の力を借りて、この本を出すことが出来ました。

心からの感謝と、そして尊敬の念をこの文章に込めております。どうか届きますように。


読者の皆様、嬉《うれ》しいことにこちらの小説二巻の制作が決まっております。やった！　やった！

二巻の舞台はアレクリード王国！　ミラとレイスの前に新たな問題がやってまいります。

応援いただけると嬉しいです。

二巻でまた会えることを楽しみにしております。

それでは、失礼いたします。

次巻予告
冤罪を晴らし、
自分だけの
居場所を
手に入れたミラ。
祖国を離れ
アレクリード王国で
新たな生活を始める。
両想いとなった
レイスとの日々は
甘く幸せ
だったが――

聖女の力を
求める者により
ひとつの事件に
巻き込まれてしまい⁉
さらには、
新たなもふもふ
登場でレイスの嫉妬も
爆発……!?
もふもふ＆ときめき２倍でお届けする
追放後の
悪役令嬢は、
森の中で
幸せに暮らす2
～うさぎの呪いを解きたくない～
2025年夏発売予定！

作品のご感想、
ファンレターを
お待ちしています

あて先

〒141-0031　東京都品川区西五反田 8-1-5 五反田光和ビル4階
ライトノベル編集部
「かのん」先生係／「氷堂れん」先生係

追放後の悪役令嬢は、森の中で幸せに暮らす 1
~うさぎの呪いを解きたくない~

発行 2025年3月25日 初版第一刷発行
著者 かのん
イラスト 氷堂れん
発行者 永田勝治
発行所 株式会社オーバーラップ
〒141-0031
東京都品川区西五反田8-1-5
校正・DTP 株式会社鷗来堂
印刷・製本 大日本印刷株式会社

ISBN 978-4-8240-1123-7 C0093

【オーバーラップ カスタマーサポート】
電話 03-6219-0850
受付時間 10時~18時(土日祝日をのぞく)

"恋"と"魔法"の物語～
誰にも愛されなかった醜穢令嬢が幸せになるまで
～嫁ぎ先は暴虐公爵と聞いていたのですが、気がつくと溺愛されていました～
末っ子皇女は幸せな結婚がお望みです！
The Youngest Princess Hopes for a Happy Marriage!
ループ7回目の悪役令嬢は、元敵国で自由気ままな花嫁生活を満喫する
完璧すぎて可愛げがないと婚約破棄された聖女は隣国に売られる
© 青季ふゆ・雨川透子・桜あげは・紫音・玉響なつめ・中村猫・冬月光輝・みりぐらむ／オーバーラップ
イラスト：白谷ゆう、八美☆わん、くろでこ、凪かすみ、ニナハチ、コユコム、昌未、ゆき哉

OVERLAP NOVELS f
あなたに贈る
二度と家には帰りません！
I'll Never Go Back to Bygone Days!
侯爵家の次女は姿を隠す
家族に忘れられた元令嬢は、薬師となってスローライフを謳歌する
ルベリア王国物語
～従弟の尻拭いをさせられる羽目になった～
芋くさ令嬢ですが悪役令息を助けたら気に入られました
オーバーラップノベルスf　毎月25日刊行！

第13回オーバーラップ文庫大賞原稿募集中！
まだ見ぬ世界を、君の手で
【賞金】
大賞…300万円
（3巻刊行確約＋コミカライズ確約）
金賞……100万円
（3巻刊行確約）
銀賞………30万円
（2巻刊行確約）
佳作………10万円
【締め切り】 第1ターン 2025年6月末日 第2ターン 2025年12月末日
各ターンの締め切り後4ヶ月以内に佳作を発表。
通期で佳作に選出された作品の中から、「大賞」、「金賞」、「銀賞」を選出します。
投稿はオンラインで！ 結果も評価シートもサイトをチェック！
https://over-lap.co.jp/bunko/award/
〈オーバーラップ文庫大賞オンライン〉
※最新情報および応募詳細については上記サイトをご覧ください。
※紙での応募受付は行っておりません。
イラスト：KWKM